ぼんくら陰陽師の鬼嫁 六

秋田みやび

富士見L文庫

目次

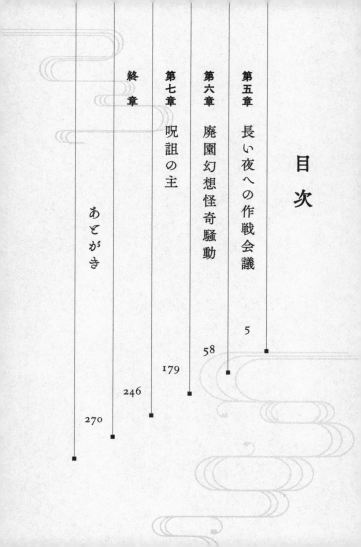

第五章　長い夜への作戦会議

1

生ぬるい風が、遊園地の名残を残す広い敷地を流れていく。さやさやと音だけ聞いていればひどく平和でうららかな午後——少しだけ、夕方に傾きがちではある。

斜めから射す陽の光は空々しいほど明るさを保っており、かすかに金色を含み始めているように感じられた。日が暮れるまでもうあまり時間がないと知らしめているかのようだ。

野放図に伸びた雑草が掻《か》き回されて漣《さざなみ》にも似た音を奏で、古びた遊具を軋《きし》ませて不快な金属音を響かせる。

『さばまるファンシーランド』

十年以上前に閉鎖された小さな遊園地だ。

その正門の内側で北御門《きたみかど》芹《せり》と対峙《たいじ》しているのは、顔色の悪い黒い服の長身の男だった。

鷹雄《たかお》光弦《こうげん》。小説家であり、凄腕《すごうで》の陰陽師《おんみょうじ》であるらしい。

芹を庇《かば》い、北御門家の内弟子である八城《やしろ》真咲《まさき》が間に立ちはだかるように、鷹雄光弦を威嚇している。芹と八城を護《まも》るような位置で、手をつないだ白と黒の振袖《ふりそで》姿の幼女たちが黒い姿を睨《にら》み据えていた。

さらに斜め後方、遊園地に入れた八城の深紫色のミニバンをいつでも動かせるように、『廃墟《はいきょ》研究会』会長の本間翔《ほんましょう》が扉に手をかけるようにして待機し、彼は現在芹が保護者代理を務めている中学生・高倉笑《たかくらえみ》が出ていかないようにと、宥《なだ》めるように手の仕草で後ろに下がらせている。

ぶおおっと低くエンジンの唸《うな》る音が響き、正門越しに銀灰色の車がスピードを出して突っ走るのが芹の視界に一瞬入った。

助手席で二階《に》侑吾《かいゆうご》が心配そうにこちらを見ていたのを察するに、在原美葉瑠《ありわらみはる》が運転しているようだ。

……できれば。いやホントマジで事故らないでほしい。

場違いな思考が一瞬芹の脳裏を過《よぎ》るが、それを掻き消したのは、小さな咳《せ》き込むような音だった。

こふこふ、と控えめだが連続した咳《せき》の音は胸の奥から絞り出すようにも聞こえた。

口元を手で覆うこともなく、少し俯《うつむ》き加減で鷹雄光弦を名乗る男は、ゆらりと歩き出す。

剣呑《けんのん》な空気を滲《にじ》ませる芹や八城を歯牙《しが》にもかけない。先ほど彼自身が開けてくれた正門はただ一度の蹴《け》りで重々しく閉ざされ、再び八城と本間の大の男が二人がかりでも開けられなくなってしまったのだろう。

まあ、それはもう一度二人だけに任せるのではなく玄武《げんぶ》の双子や芹自身も手助けして開門チャレンジしてもいい。

「鷹雄さん。正門、開けてくれる気はないんですか？」

一応、芹は内心で生まれそうな棘《とげ》を理性で押し包み、出来るだけ柔らかな声で問いかけてみた。

咳を収めた鷹雄光弦は肩越しにわずかに振り返り、黒々とした瞳《ひとみ》で芹たちを見遣《みや》る。

「言ったはずだが。北御門を、此処《ここ》から出す気はない」

「意味わかんないんですけど ー！」

少し離れた場所から声を上げたのは笑だ。甲高い声を上げる気の強い中学生を少しばかり胡乱《うろん》気に見つめ、光弦は肩を竦《すく》ませる。

「巻き込まれ、乙」

かすれ気味だが低いいい声でネットスラングが吐き出された。

「芹先輩」

ずっと威嚇するように敵意を隠さず光弦を睨みつけたままの八城が、低い声で芹へと囁《ささや》きかけてくる。もっともさほど声を低めている様子はないので、光弦には筒抜けだっただろう。

「何?」

「あいつ、とッ捕まえていいっすか? いいっすよね? 陰陽師としてはともかく、オレのがフィジカル的には大分上だと思うんで」

「…………」

「なんで迷うんですか!」

「いや、だって……今のところ、まだ何の危害も加えられてないんだよねえ。気には食わないけど」

内弟子に選択肢を投げられ、芹は一瞬頷《うなず》きかけて、すんでのところで迷ってしまった。

「ハァ? 普通に考えて、監禁でしょ! さっきも恫喝《どうかつ》されたようなもんじゃないっすか!」

「うん。ただ冷静に考えると、鷹雄さんがやったことって正門閉めただけなんだよね。遊園地への不法侵入はお互い様だし、鍵《かぎ》かけられてるわけじゃないし、拘束されてるわけじゃないし」

「オレら不法じゃねっすよ!」

正直、北御門をあまりよく思っていないらしい相手に対して、売り言葉に買い言葉な言葉を投げたのは芹も同じだ。しかし、父を知っている相手として悪意を持ちにくいという複雑な心境もある。

立ち去ろうとしていた鷹雄光弦が、奇妙なモノを見るような視線を投げたのを感じたが、そちらへと注意を払う余裕は今はなかった。

正直、早く出ていきたい。

かなり陽が傾いており、夕暮れも近い。

自分には視えないが、多分遊園地の鉄柵《てっさく》の向こう側には、霊的なものが多数存在している。それは圧力となり物理的な重さとなって正門の開閉を妨げるほどに。

「そういう状況を鑑《かんが》みて、八城くんに暴力行為を許可するというのは……保護者同然の皇《こう》臥《が》も不本意だと思うし遺憾だろうし、多分止めるんじゃないかと思うんだよね」

強面《こわもて》な上にナリはでかいが、八城真咲はまだ19歳になったばかりである。内弟子として、北御門皇臥と史緒佳《しおか》が後見人代わりなのだ。

その年少の彼が長身だが顔色の悪い腺病質《せんびょうしつ》な印象を抱かせる鷹雄光弦に対して……となると単なる暴行事件になりそうで、芹としては忌避感を抱いてしまう。

「師匠だったら、芹先輩にどーこーうざいこと言うヤツ相手になら、むしろやれってけしかけると思うっすけどね！　いや、師匠自らってのが早いか」

不満げに八城が鼻を鳴らす。自分を庇うように立ちはだかってくれる肉厚な後輩の背中を宥めるように、芹はぽんぽんと軽く叩《たた》いた。

「そのデカブツの判断は間違っていない。が」

「痛っ！」

かすれたような低い独り言が、真っ黒のコートの背中から聞こえてきたのとほぼ同時に、芹が宥めていた背中が小さく跳ね上がった。

それと重なるように舌打ちする音が聞こえ、護里《まもり》が弾《はじ》けるように八城を振り返る。その視線は、八城の足許《あしもと》へと向いており、護里はやたらとごついブーツに包まれた足許へとしゃがみこみ、小さな手がそのブーツに貼りついた細長い紙片を引っ掻くようにして引き剝《は》がした。

「ごめんなさい、せりさま。まもり、みすごしました」

護里は悔しそうにきゅっと眉間《みけん》に皺《しわ》をよせた。

八城は自身の足を庇うように一瞬背を丸め、護里の手の中にある紙片に気付く。和紙に流麗な筆遣いで幾何学的な模様と文字が記されている。陰陽師の使う符だ。

師匠である北御門皇臥が時折描いて見せてくれるものに酷似しており、弟子であれば見分けることもたやすい。

「八城くん!?」

「いや、大丈夫っす。すんません、一瞬足がビリッて痛んで……あ。もう何ともねっす」

八城の異変に、蛇にでも咬《か》まれたかと心配して手当てをしようと彼の足許に屈《かが》みこもうとした芹を、八城は手の仕草で無事を伝える。

その横では、護里がひらひらと見せつけるように握った呪符《じゅふ》を揺らしており、もう片方の手で、しっかりと白い振袖の端を鷲摑《わしづか》みにしていた。意外と力が込められているようで、ぴんと張った袖の持ち主は足を踏み出そうとしては叶《かな》わずに足踏み状態である。

「祈里《いのり》ちゃん、どうどう。ステイ」

北御門十二天将の玄武の片割れ、蛇の幼女をまるで子犬のように宥めながら、芹はその視線の先を追いかけた。

祈里の視線の先には、鷹雄光弦がいたはずだ。しかし、その姿はすでに芹の視界内にはない。今の一瞬の隙で姿を消し、祈里は反射的に芹の敵を追いかけようとしたのだろう。もっとも、相棒である護里がそれを許さなかったようだ。

もう一つの姿は蛇のはずなのに前方を睨みつけた少女からは、ふーっ、ふーっ、と昂奮《こうふん》した猫のような息遣いが漏れている。

「笑ちゃん、どうどう」

同じような光景は、深紫色のミニバンのほうでも繰り広げられていた。笑は意外にも痛みを訴えた八城に気を取られず、光弦を追いかけようとしていたらしく、肩にかけたボディバッグの紐《ひも》を本間に摑《つか》まれて確保されている。

その様子に、気が抜けたように八城は大きく息を吐くと威嚇的だった雰囲気と眼付きを和らげた。

「すんません、芹先輩。あいつ、見失いました」

「いいよ。べつに八城くんのせいじゃない。むしろわたしのせいだし。ていうか、変な挑発……というか、指摘をしなければ、普通にここから出ていけた気がしなくもないんだよね、だからそういう意味ではごめん、厄介に巻き込んだ」

「変な指摘……ああ。自分が北御門ってやつっすか？　それ、変な指摘でも何でもないっしょ」

ホントのことだし、と八城は不思議そうな表情を浮かべた。そして芹は八城と顔を見合わせ、一拍遅れてから高倉笑と、彼女を押さえこんでいる本間翔へと少し早足で駆け寄った。

「ていうか、それなら迷惑かけたのは全面的にわたしです、ごめんなさい！　本間さん、笑ちゃん！」

「つか、オレがあの変な男を挑発したせいで、この状況っす！　申し訳ありません！」

北御門芹と、北御門の内弟子が並んで深々と頭を下げる。その様子に本間が唖然《あぜん》として、そして慌てて二人の頭を上げさせようとする。

「いや、二人とも悪くないでしょ！　というかそれを言うならこの廃墟探検の責任者は僕だからね!?　何かあったら僕の責任と判断ミスってことだから」

早口でそう言いながら、本間は捕まえていたボディバッグの紐から手を離すと、くるりと反転し、笑に対して深々と頭を下げた。

「笑ちゃんの同行を最終的に許可したのは僕だから、怖い思いをさせて申し訳ない」

「え－？」

年上３人に並んで頭を下げられる形になった笑は、困惑しきった表情で三つのつむじを見比べて、首をかくりと斜めに傾けた。

「え－と……よきにはからえ？」

「笑ちゃんちがう、受け答えとしてそれは違う」

保護者代理である芹が思わず顔を上げてつっこんだ。その反応を期待していたのかもしれない。笑は視線を合わせると少しぎこちなく笑った。

「でも、それを言うならあたしが面白がってついてきちゃったんだし、自己責任？　てゆ－か……多分そう言えるのは、まだ今明るくて気楽でいられるからかもしれないけど」

笑が少し居心地悪そうに、指先でボディバッグと胸元を弄《いじ》りながらもごもごと答える。

その少し歯切れの悪い言葉に、芹は首を傾げる。

「今、明るいから？」

「あー……うん。あのね。経験からして、その、まだ今は夕方前で明るいでしょ？　朝とか昼間とか、景色が明るいうちって結構気楽というか来るならこいやぁって強気にいられるの。でも、うちで、変なモノ……じゃないけど、えっと……おばあちゃんが帰ってきてた時、夜はすごく怖くて涙出たりしたから」

おばあちゃんが、帰ってきてた時。

去年、高倉家で起きた黄泉《よみ》返りの事件は、芹もよく覚えている。初めて、怪異に遭遇した——北御門家に嫁いで初めて受けた仕事だった。

夜中に死者の手が、そして足が、家の中をうろつきまわるという現象の解決を、北御門皇臥が依頼されたのである。

笑は指で胸元をしきりに触れている。そこにあるのだろうモノを思い出して、芹は密《ひそ》かに納得した。そこには、笑の祖母・高倉笙子《しょうこ》が最も大切にしていた指輪が、ネックレスに通して掛けられている。

「だから、暗くなったら……怖くなって弱気になって、みっともなく八つ当たりとかするかもしれない。そういう情けないことしたくないけど、でもそうなったらごめんなさい」

「笑ちゃん、すごい冷静」

「経験に基づくからだよー」

　笑は少し恥ずかしそうに照れ笑いした。

「明るいうちはね、這《は》いまわってる手首のこと思い出して怖くても、『次見たらハエ叩きか雑誌で潰《つぶ》してやる』って気持ちなのに、夜になるとそういう攻撃的な気持ちが萎《しぼ》んじゃうの、すごい不思議だった」

「それ、ちょっとわかる。わたしも、夜中に変なモノに遭遇した後は一人になるのが怖くて、電気つけっぱで皇臥たちにいてもらって、一晩中寝落ちするまで録画してる映画みてた。朝になると、箒《ほうき》振り回せるくらいに復活したんだけど」

　芹と笑が奇妙な連帯感に導かれるように、無言で握手し合う。

　その間に、何やらアイコンタクトを交わしていた本間と八城が、ミニバンの後部座席に積んでいた荷物を物色しつつ引き出しはじめている。

「あー。夜は副交感神経が優位になる時間だからねー。基本、やる気スイッチオン状態の交感神経優位状態の昼間よりも、リラックスモードに入ろうとしてる夜のほうがナーバスになるのは当然らしいよ」

よいしょ、と声を上げながら、本間がクーラーボックスを抱えあげている。

「体が疲れると、気持ちも落ち込みがちになるのは当然っすからね。一日の終わりにネガティブになるのは自然の流れってなもんで。体鍛えると不安感が薄れるっすよ」

「あー筋肉は裏切らないって、そういうことなのか？」

「それもあるかもっすけど、落ち込むってことは落ち込む時間、つまり暇があるってことなんで。やるべきことが落ち着いて余裕ができてる状態ってことなんじゃねっすかね。疲れ切って寝たら、朝まで快眠す」

「それが今の八城のガタイにつながってるのかー。僕、夜中の不安感増大はセロトニン不足もあると思うんだよね」

男性陣が話しながらてきぱきと行動し始めている様子に、何をやっているのか、手伝うことはあるかと芹は少し遠慮がちにミニバン内を覗《のぞ》き込む。ともに、車を覗き込む笑が少しばかり意地悪な表情で口を出した。

「失恋したての本間お兄さん。女子はそういう時、対処法や原因の追究より『わかるわかる。夜ってなんか不安になるよね』とか『大丈夫。不安になったら、何かあったらつまんないことでも気軽にアプリでメッセージくれればいいよ、話し相手になるから』って言ってくれたほうが好感度アップだからね」

本間はちょうど抱えあげた2リットルのペットボトル六本入りの段ボールを足先に落として、悲鳴を上げた。

「し、ししし失恋はしてないから！　まだ！」

「親切心でも上から目線になりがちな対処法より、自分だけじゃない感って、すっごく効くんだよねー」

「えーと、わたし的には対処法の説明そのものはありがたいけど、笑ちゃんの言い分もわかるなあ」

目に見えて動揺し涙目になっている本間へと追撃の言葉を投げてから、芹はふと花嫁の幽霊に襲われた夜、次の朝早いはずなのにずっとリビングのソファに座り、隣で映画鑑賞に付き合ってくれていた皇臥のことを思い出す。

式神たちがいるにしても、一人で部屋に戻りたくなかった恐怖心も、誰かがそばにいてくれれば意外と薄れたものだ。

笑の年齢を考えればいささかませた忠告も的を射ている気がする。

……笑ちゃん、意外と侮れないかもしれない。

「さ、参考にします……」

しょんぼりと目に見えて肩を落とした本間が抱え直した段ボールを手伝いのために受け

取った芹が、一瞬だけよろけて、雑草の多い廃遊園地の地面へと下ろした。よく見ると、ペットボトルは一本だけ開封されている。移動中にサークルメンバーが喉《のど》を潤したのだろうか。

「えーと？」

男性陣が何をしているのかと芹は改めて、ミニバンから荷物を取り出している本間と八城へと視線を向け疑問符付きの声をかけた。それに気づいた本間が、すぐに気を取り直し、軽い紙袋を芹へと手渡す。それも外へ出すつもりらしい。

「笑ちゃんの言うことはもっともだと思ってね。あ。高橋《たかはし》さんへの好感度云々《うんぬん》じゃなくて、暗くなると不安感が増すっていうのが」

意外と心にダメージを喰《く》らっているようだ。

「だから、夜にならないうちに腹ごしらえと装備の確認、あとネガティブにならないうちにこれからの方針を話し合っておこうと思ってね」

「なるほど。お腹が空《す》くというのはわかりやすいネガティブの要因ですよね」

本間の提案に納得し、芹は手渡された紙袋を覗き込んだ。紙皿とラップ。割りばしや焼肉のたれなどが入れられている。そういえば、廃墟《はいきょ》の探検後はキャンプ場でバーベキューをするという話をしていた。

「そういうこと。食卓代わりは、野外ステージのベンチがちょうどいいと思うんだよね。運んでくれる？」

「はーい。あたしもお手伝いしまーす。あ、でも車をそっちに回したほうが早くない？」

元気に返事をした笑が、黙々と作業をしていた八城からカセットコンロとボンベを受け取り、ふと気づいたように首を傾げた。

「ん。車から降ろすのはいざとなったら置いていってもいい必要最低限のものだけね。車は、最終手段としてここから真っ直ぐにぶっ飛ばしたら、正門イケる位置だから。変に車を取り回ししなきゃいけない位置にもっていくのも考えものでしょ？」

「なるほど」

「車、壊したくねーすけど」

漏れ聞こえた八城の言葉は偽りない本音だ。芹は笑とともに車から降ろされた荷物をさほど離れていない野外ステージのベンチへと運び始めた。

「正門にこだわらなくても、脱出のことだけ考えれば柵《さく》とかフェンスのほうが勢いで破りやすそうじゃない？」

「そっすね、でも駐車場方面以外は林になってるでしょ。全く整備されてない場所で、車が動かせなくなったら元も子もないんで」

「納得」

クーラーボックスを軽々と抱えた八城が、適当なコンクリート製のベンチへと下ろしてまたミニバンへと取って返す。その背中を何気なく見送り、芹は笑とともにカセットコンロを置くのに適したベンチを選んで、ベンチの高さよりも伸びた雑草を抜いたり、ベンチを濡《ぬ》れティッシュで拭《ふ》いたりと作業に没頭する。さすがに先客のゴミが放置されたベンチで食事をとるのは躊躇《ためら》われた。

芹は合間にこっそりとスマホを取り出して、もう一度皇臥へと通話を試みようとしたのだが、今どき珍しい呼出音が聞こえるだけで、繋《つな》がる気配がない。

「……皇臥、一応留守電機能を契約してるはずなんだけど」

もどかしいような焦りが湧き上がる。

普段なら、楽しそうに夕食のお手伝いをしたがる玄武の式神たちは、今は北御門家外の関係者がいるからだろう、少しそわそわした様子で芹から二つほど離れたベンチのあたりで、芹たちを見守っていた。ただ護里が先ほど八城のブーツに貼られた呪符《じゅふ》を地面に叩《たた》きつけて、両足で丁寧に踏みつけるという乱暴な仕草を見せているのが珍しい。守護の式神として、何かがひどくプライドに障ったようだ。

「芹先輩。霊の存在って、電気機器を狂わすこと多いんですよ」

「うえっ？」

スマホの画面を見つめていた芹の後ろを通り過ぎざま、こそっと八城が冷やかしにか、それとも慰めにか小さく声をかけた。それが不意打ちで、小さな平べったい機械を取り落しそうになり、あわわ、と数度お手玉状態になってしまう。

「通じなくてもしょうがないっすよ。そういうもんだってあきらめたほうが気が楽っす。もっとも、何かの拍子につながることも多いんで、小まめに確認しておくのはありです」

「あ、あ……うん、そういうものなんだ。皇臥と、そういう話とかしてたの？」

「いや、これはオレ的経験談すね」

昔から霊が視える体質だった八城は、八城なりの経験則を身に付けているということだろう。

一応陰陽師《おんみょうじ》の大家に嫁いだ芹だが、そう言った方面の知識はからきしだ。持ち込まれる仕事の傾向を考えると、少しは勉強して自衛するべきかと思うこともあるのだが、もっとも知識があるだろう夫である皇臥は自分から芹に教えることはない。

そのあたり、微妙な線引きをお互いにしているという自覚があった。

北御門芹は、北御門皇臥の契約上の伴侶《はんりょ》に過ぎない。

どちらにもメリットがあったからこその緊急避難的婚姻だ。

だからこそ北御門家に深く踏み込むことはルール違反だ。多分。

ただ、そのことを時折もどかしく感じてしまうことは、ある。

八城は護里の踏みつけていた呪符を拾い上げ、しみじみと眺めてからそれをジャケットのポケットにしまいこんだ。

「さっき、八城くんそれを貼られたから、足痛くなったんだよね？」

「そうっす。陰陽師の使う符術っすね。気づかねえうちに、貼られたんすけど……ブーツ越しでも痛えってのがまた腹立つ」

釈然としない表情の八城に、確認するように言葉をかけるとごつい印象の眉間《みけん》にさらに深く皺《しわ》が刻まれた。

「陰陽道のまじないって、びっくりするようなみみっちい効果の呪符とかもあるんすよ。多分、これもそれ系のケチ臭い効果の符なんすよ。箪笥《たんす》の角に小指ぶつけろとか、足ツレ程度の、ほとんど力なんか籠《こも》ってない、普通なら気休めくらいの」

「それでも、鷹雄光弦が使うと、八城くんが声あげるくらいの痛みが来たってこと？」

「そういうことです。力をすっげえこめたヤバい符なら、オレや護里ちゃんが気づくはずなんで」

そう説明されると、なぜ護里が不機嫌に呪符を踏みつけていたのか理解できなくもない。

八城曰《いわ》くのケチな術で煙に巻かれたことを、守護の式神として憤っているのだ。

ぶすーっと頰を変形させている護里へと歩み寄り、芹が宥《なだ》めるように柔らかく髪を撫《な》でると、いつものようにふにゃりと表情を笑みに緩めた。もっとも、その傍らで立つ祈里のほうは、まだ不機嫌な様子を微妙に滲《にじ》ませ、時々鷹雄光弦の消えた方向を睨《にら》みつけている。

「祈里ちゃん、そういう顔しない」

白いほっぺを指でつつくと、祈里は「むー」と唸《うな》りながらも、険しい表情を和ませようとして、まだ微妙にひきつっている。

「バーベキュー、何かとってきてあげるから、それ食べて元気出して。ね？　皇臥が迎えに来てくれるまで、二人が頼りだから」

「「あい」」

そろって頷《うなず》く玄武たちを確認して、芹は八城とともに本間と笑がカセットコンロの準備をしているベンチへと戻っていった。

2

「実はねえ。微妙に腑《ふ》に落ちない感じがするんだよね」

カセットコンロの上に載せた焼肉網へと油を引き、クーラーボックスの中でタレに漬けこんでいた肉を次々に置いていた本間が、焼けるまでの手持無沙汰《ぶさた》な隙に、カチカチとトングを鳴らしながら口にした。無造作にタレとともに肉をぶち込んだフリーザーバッグは5袋もあり、肉の種別ごとに分けられているらしい。牛肉、鶏肉、豚肉とさまざまだ。

二つ目のカセットコンロの鉄板で、野菜と豚肉と一緒に焼きそば作りを任されていた芹は、奇妙な表情で顔を上げた。笑は紙コップに4人分のウーロン茶を注いで、紙皿を並べている。

八城は何度かミニバンと屋外ステージを行き来して、足りないものを調達しており、その合間に車内のいろんな場所を引っ掻《か》き回しているところを見ると、何か役に立ちそうなものを探しているらしい。懐中電灯やランタンを何度か運んできてくれている。

太陽は随分と傾き、オレンジがかった陽光が周囲ののどかな山間《やまあい》の風景を黒く浮き上がらせている。

「腑に落ちないって何がですか？」

「鷹雄先生の行動」

カチ、ともう一度トングを鳴らしながら、本間翔は自分の眼鏡を押し上げた。

「……例えば？」

「いや、普通に考えれば、変じゃない？　あの人、何もしてないんだよね。『ただで、ここから出すわけにはいかなくなった』って言ってたと思うんだけど、それって額面通りに受け止めたら、芹さんや弟子の八城を遊園地に閉じ込めて、危害を加えにかかってもおかしくないよね？　だから、危険を感じて在原や二階も焦って借りた車かっ飛ばして、北御門さんを呼びに行ったし、僕も結構焦った」

「まあ、そうですね」

　じゅうっと鉄板でソースの焦げる香ばしい音が響く。

「でも、閉じ込められたのはホントじゃない？」

　喉が渇いたらしく、自分の分の紙コップに注いだウーロン茶を飲み干し、二杯目を注いでいた笑が何気なく口を挟んだ。青かった空が金色がかってくる光景を見上げ、少し不安そうな表情も垣間《かいま》見せている。

「むしろ、僕としては喧嘩《けんか》売ったのは八城のほうが先じゃないか疑惑」

　カチ、と本間は再びトングを鳴らし、思い出したように。

「あ。普通の焼肉屋さんならレアもいいだろうけど、素人の青空バーベキューだから、お肉は良く焼いて食べてね。この辺りのカルビはもうイケると思うけど、鶏モモは分厚いからもう少し焼いたほうがいいな。八城ー！　こっちはそろそろ焼けるぞー！」

　ミニバンへと何往復かを繰り返していた八城が、本間の言葉にレジ袋を抱えて嬉《うれ》しそうに早足で駆けてきた。

「そろそろ腹が減ってきてたんで、ありがたいっす」

「というわけで、話は戻るんだけど。八城の力ずくをけしかけるのに芹さんが迷ったように、僕もなーんか鷹雄先生の行動が納得いかないんだよね。あんな、挑発を通り越して恫《どう》喝《かつ》同然の言葉を吐いておいて、本人が姿を消すだけとか不自然すぎない？　小説家のくせに、文意おかしいでしょ」

「小説家だからどうかっていうのはともかくとして……」

焼きそばを鉄板に押し付けて焦げ目をわざとつけながら、芹は渋い表情を浮かべた。

「すごい強い言葉で脅かしたくせに、今ここでわたしたちがやってることが焼きそば作って腹ごしらえっていうのはフリーダムにさせ過ぎだとは思います」

「うらやましがらせちゃえー！　あの人、きっとろくなもの食べてないよ、顔色悪かったし、頬もこけてたし！」

芹の訝《いぶか》しむ言葉にのっかるように、笑が肉と焼きそばの焼ける煙を、うちわのように紙皿を使って、鷹雄光弦の消えた方向に流そうとしている。

「確かに、不健康そうだったけど……。はい、笑ちゃん、八城くん、焼きそばもそろそろいいから食べ始めちゃって。もうちょっと減ったら、空きスペースでオムそば用の薄焼き玉子焼こうと思ってるから」

「うわぁあん、いきなり炭水化物から食べ始めるのはどうかと思うけど、ソースの匂いは戦闘力強すぎる！」

糖質を気にしているのか年頃の少女らしい煩悶《はんもん》をしながらも、笑はパァッと嬉しそうに健康的な笑みを浮かべた。八城は、手にした紙皿に焼けたと思《おぼ》しき焼肉網の上の肉と野菜を、問答無用で本間に載せられていくのを、次々割りばしで口に放り込んでいく。

「……絶対に、この遊園地から出ていけないっていう自信があるんでしょうか」

笑の紙皿に菜箸《さいばし》で焼きそばを盛りながら、芹は首を傾げた。

「まあ。在原や二階とかの反応を見てると、外に行きたくないって気持ちは働くよね。実際、柵《さく》の向こうにすごい足音いっぱい聞いちゃうと無防備に出ていくのは躊躇《ためら》っちゃうよ。少なくとも、この遊園地内にいる分には何事もないし」

「長居はしたくないなー！」

「したくないねー」

笑の抗議に、本間はにこにこと笑いながら同意している。同意して、笑の皿に焼けた肉と野菜を適当に盛ると、本間はようやく落ち着いたように第二弾の肉と野菜を改めて焼き始めた。

「あ。かぼちゃちょっと苦手」

「じゃあ、こっちのお皿によけておいていいよ、笑ちゃん。後で食べるから」

野菜系は少し別の紙皿に盛って、護里におすそ分けするつもりだ。それを楽しみにしているのだろう。少し離れたベンチでは、黒い振袖《ふりそで》の幼女がわくわくとした表情で芹たちをチラ見している。玄武たちの機嫌はすっかりと直ったようだ。

黙々と、本間がさらに盛ってくれた肉と野菜を流し込むように口に入れていた八城が、眉間に皺を寄せる。喉《のど》に詰めかけたらしい。ウーロン茶を一口飲んで、口許《くちもと》を袖で拭《ぬぐ》った。

「オレ、喰《く》ったら遊園地一周してきて、ヤバそうなところと出られそうな場所見回ってきます」

「それはありがたいけど、先に今後の方針を決めよう。あと、単独行動は駄目だ」

やんわりとサークル責任者に制止され、八城は肉と野菜を流し込むスピードを緩めた。

「方針……すか？」

「確か、北御門さんが言ってたよね？　お勧めはしないけど正門を開ける方法はあるって」

本間のいう『北御門さん』は、北御門皇臥のことだ。

先ほど、皇臥がスマホ越しにくれたアドバイスを覚えていたのだろう。

「言ってましたね。この廃遊園地の敷地内が浄化されてるのは、神社に見立てられていて、どこかにカミさまというか、ご神体が置かれてるからだって」

皇臥の言葉を思い出しながら、芹も焼肉を摘《つ》まみ始めた。あまり食欲はないが、これからのことを考えると食べたほうがいいに違いない。そう思いながら、よく焼いた鶏肉を噛《か》み締めると、少し甘めのタレに漬けこまれた弾力のある鶏肉に、ないと思っていた食欲を呼び覚まされた気がして、玄武の双子分を取り置きしながら、しばし無心で肉を噛み締めた。無自覚に緊張していたのだろうか、喉に温かいものが通ると、ホッとした感覚を覚える。

「牛肉は幸せホルモンを分泌させるっていう俗説があるから、しっかりと食べておきなね、不安感が薄れるかもしれないよ、笑ちゃん」

「はーい。でも塩だれの豚肉美味《おい》しいー」

「牛肉！」

すっかりと本間にも馴染《なじ》んだらしい笑が楽しげに軽口をたたいている。その雑談につられるように、芹はこっそりと牛肉を何枚か紙皿にすくいあげた。

「お肉はともかくとして、大人しくここで一塊になって迎えを待つか。それとも、一応外に出る手段のひとつとして北御門さんがおっしゃってたご神体を何とかするかどうかは、コンセンサスとっておきたいと思うんだけど」

本間自身もつい、若い食欲を満たすことに気を取られがちなのだろう、少し焦ったように脱線した話題を元に戻そうとした。

「でも、そのご神体ってどこにあるかわからないでしょ？」

「わからないね。八城はどう？　何か感じたりする？」

「わかんねっす。それよりあの鷹雄ってヤツ見つけ出してぼこったほうがスムーズに安全確保できんじゃねーかって思えちまうんで、今のオレは邪念もありますしね」

金髪オールバックというガタイのいい強面《こわもて》だが、基本的には穏やかな優しい気質と認識している後輩だ。しかし今はどうにも珍しく攻撃的になっているようだ。

「あー！　マジあいつ逃がすんじゃなかった！」

「珍しいね。八城くんがそんな風に人を悪《あ》しざまに言うのって」

「——……………」

後悔に唸《うな》っている後輩を宥《なだ》めるつもりでかけた言葉だったのだが、八城は奇妙な表情でまじまじと芹を見つめて、深く溜息《ためいき》を吐いた。

「師匠も苦労してんだなあ……」

「どういう意味!?」

八城真咲は、師匠である皇臥から北御門家に対して呪詛《じゅそ》を仕掛ける存在がいることを聞きかじっている。それと同一かどうかはともかくとして、皇臥が幼い芹に憑《つ》けていた式神の銘を看破していた者が、高倉家の陰陽道に基づく黄泉《よみ》返りの儀式を三枝大典《さえぐさだいすけ》に手ほどきしていた。

どちらも、芹に対しての安全に何ら配慮をしていないという一点において北御門皇臥にひどく警戒されている。

もっとも、師匠がそれを芹へと話すことには躊躇《ちゅうちょ》しているのが、八城にとってはもどかしい。

「ぶっちゃけ鷹雄さんを見つけたら色々と問いただしたいこととか、聞きたいこととかはある。かなり、たくさん」

「正直、あのスカした真っ黒男の思惑に乗るの嫌なんすよね、オレ」

八城は鷹雄光弦に対する敵意を隠さない。生焼けの玉ねぎを噛み砕きながら、苦々しい表情を浮かべ、しばし懊悩《おうのう》に唸るように金髪に染めた頭を掻き回す。ちょいちょい、と太い人差し指で自身の足許《あしもと》を指し示しながら。

「アイツ、北御門つか、師匠になんか悪意ありそうにオレには思えた……でもって、多分師匠本人、今、芹先輩を迎えにここに来ようとしてるんすよね？」

「あ。うん」

確認する八城の言葉に、芹もぎこちなく頷《うなず》いた。少し焦げてパリパリになりかけたソバの部分を摘まみ上げて味わい、ふと眉《まゆ》をひそめる。

好みの焦げ加減のはずなのに、奇妙に味が褪《あ》せて感じられた。

「……あれ。それって……」

まずい。かもしれない。

焼きそばではなく、状況が。

「あの、マックロクロスケは北御門が嫌い。恨みがありそう。そのせいで、芹先輩に『北御門なんて名前忘れろ』なんて理不尽ほざくくらい隔意ありあり。で、その北御門のてっぺんがやってくる」

八城の言葉は少々悪意に寄り過ぎという気がしなくもなかったが、それは芹の鷹雄光弦に対する第一印象が、決して悪くなかったという先入観もあるだろう。亡父の教え子なのだし。とはいえ去り際の光弦の表情を思い出し、そして何となく皇臥を思い出して、危機感らしきものがじわりと溢《あふ》れる。

「……鉢合わせ、ヤバい、かも？」

「ヤバいんじゃねっすかね。嫌い合ってる陰陽師《おんみょうじ》同士が顔合わせるとどうなるのかオレはよくわかんないっすけど、オレは足に貼られた呪符の痛み忘れてねえし」

「八城くんみたいなガチマッチョに力ずくを仄《ほの》めかされたら、多少反則技でも使って逃げようという気になるのは仕方ないと思う」

「どっちの味方っすか芹先輩！」

「あえて言えば暴力反対」

さらに言えば、それを容認する姿を、現在自分が庇護《ひご》すべき高倉笑には見せたくないという微妙な責任感もある。

「……まあ、本当に追い詰められたら窮鼠《きゅうそ》猫を嚙み殺すというから、仕方ないのかもしれないけど」

「それは過剰防衛でしょ」

間違った慣用句につっこみながら、八城は自分のジャケットからスマホを取り出して、二人師匠に通じないかを試している。向かい合う形で座ったコンクリートのベンチでは、二人に水を差さないように配慮してか、本間と笑がコンビニおにぎりを分け合っている。

「話を戻すけど……うん。確かに、皇臥と鷹雄さんが物理的に距離を縮めるのって不味《まず》い気がしてきた。漫画とか小説みたいな、陰陽師対決とか起きることになったら、惨敗がどっちかは火を見るより明らか」

そういうものが本当にあるならば、ではあるが。鷹雄光弦は北御門の当主をして天才と言わしめた陰陽師なのだ。

「残酷な現実っすね」

結果予想に関しては、内弟子も異議はないようだ。

「あきらか、じゃないです」

幼い甘い声が、思ったよりも近くから聞こえてきて、芹は思わず紙皿を取り落しそうになった。気が付けば、少し離れていたはずの護里が、芹の背中に触れんばかりの位置で座っている。

「たかおはつよいです。でも、主《あるじ》さまには、まもりたちがいます」

「護里ちゃん」

いつもよりも少し機械的な声音に感じ、不審に思いその顔を覗《のぞ》きこんでみたが、普段通りのふんわりとした表情だった。ただ、その黒々とした瞳《ひとみ》がどこを見ているのか芹にはわからない。

「護里ちゃん、鷹雄光弦さんのこと知ってるの？」

「しりません。たかおはきたみかどじゃ、ないです。でも」

気の抜けたような護里の柔らかい表情に、一瞬複雑そうな彩《あや》が過《よぎ》った気がした。

「こわしかた、よくしってるひとです」

「何を?」

「………」

護里は珍しく、芹の問いには答えなかった。答えないままに離れていき、再び祈里と同じ少し離れた場所でベンチにちんまりと座りこむ。

「芹先輩。神社のご神体っての探しましょ」

一瞬落ちた気まずいような沈黙の帳《とばり》を破ったのは、紙皿の上に残っていた野菜と肉を一気に口の中に流しこんで咀嚼《そしやく》する八城だった。急いで腹を満たしてしまおうとするかのように、まだ焼け切っていない食材を焼肉網から一気に浚《さら》い、上からタレをかけて再びかきこむ。

「師匠が迎えに来るまで、かなり時間もあるでしょ。それまで、ここでボーッとしてんのは、オレ的に精神衛生上よくねえ。師匠はお勧めじゃねえ手段だって言ってたから、壊すか壊さないかはまた別の話だけど、すぐにでも脱出のために行動に移せるのと移せないのとじゃちがう。あの、真っ黒中年男が何やってんのか。何のつもりでオレらを閉じ込めたのかは知っておきたいっすよ」

「ご神体とかそういうのを見つけたからといって、知りたいこと知れるとは限らないと思うけど……」

「そりゃそっすね」

拍子抜けするほどあっさりと同意した八城へと、芹は言葉を重ねた。

「でも、賛成。もし万が一のことがあった時に皇臥が有利に立ち回れるかもしれないし、その気になれば自由にここから出ていけるのが一番いいに決まってるもの。鷹雄さんの行動ってちぐはぐな感じだし、その理由も知りたいっていうのは……これは単なる個人の事情かな」

「さっきも話してましたけど、結局は正門を閉められただけで、危害とか加えられる様子はないっすよね」

「うん。少なくとも今のところはね」

思い返せば、鷹雄光弦の様子が目に見えて変わったのは、皇臥や北御門のことが口の端に上った直後だ。えらい剣幕だったと思うのだが……なぜ、あんな物騒な言葉を吐いておきながら、自分たちを自由にさせているのかは納得がいかない。

大体、この遊園地を自分の作品のように神社に見立て、土地を浄化していた——一体何のために？　光弦は何をしているのか。

北御門に関わる人間を閉じ込めて、メリットがあるのだろうか。

芹は考えこみながら、焼きそばを小さめのヘラと菜箸《さいばし》で八城の紙皿へと盛った。空の皿に気づいての半ば無意識の行動だったが、八城は嬉《うれ》しそうにがっつき始めた。

一瞬、八城は北御門家での日々の食事が足りているのだろうかと心配になったが、すぐに思考を元に戻した。

閉じ込められてはいるものの、4人は割と放置されている。光弦とて、ずっと自分たちをこの場所に繋《つな》ぎ止めていられるとは思っていないはずだ。

芹の思考に浮かび上がった可能性は、ひとつだった。

「……時間稼ぎ、とか」

「何のためっすか？」

口の端についたソースを指で拭《ぬぐ》って舐《な》めとりながら、八城が首を傾げた。

「あー。そう根拠を訊《き》かれると少し困る。何となくそう思っただけだから」

自分の紙皿に焼きそばを盛りながら、芹も眉間《みけん》に皺《しわ》を刻んだ。笑が、芹のコップに新しいお茶を注いでくれる。

「もともと、鷹雄さんがここでなにかやっているのは確実でしょ？　それを偶然入り込んだわたしたちが北御門関係者って知ったとたん、えらい剣幕で閉じ込めた。えーと……こういうこと言うのもなんだけど、わたしも八城くんも本格的な陰陽師から見れば、雑魚《ざこ》だよね？　特にわたしなんて、雑魚以下というか単なる嫁だし。で、そういうわたしたちを外と遮断することで叶《かな》うことって何かなって考えたんだけど」

「ああ。情報の伝達を遅らせるってことだね」

一旦《いったん》自分で野菜や肉を焼いていく手を止めて、食べることに専念し始めた本間が、こちらにも耳を傾けていたのだろう、浅く頷いた。

「つまり……鷹雄さんは自分がやってることを知られたくない？　北御門の人間に？」

「後ろ暗いことしてるってこと？」

芹の言葉に、笑が首を傾げている。

「まあ、こんな廃棄されたような場所でってなると、公明正大なことではないんじゃないかなあ。少なくとも、知ってる人間が来るとは思っていなかったと思う。時々、好奇心にかられた探検隊がやってくることはあったとしても」

好奇心に駆られた探検隊の男子二人が首を竦《すく》めていた。

「もし、本当にそうだったとしたら在原たち、北御門さんを呼んでくるより警察に駆け込んでくれたほうがありがたいんだけど」

タイミングの問題でうまい具合に外に出た在原美葉瑠と二階侑吾は、高倉家の車で走り去っていった。

「ただし、今後の活動を思うと、警察沙汰《ざた》は個人的にはちょっと躊躇《ちゅうちょ》する。客観的に鍵《かぎ》も鎖もかかってない正門からなぜか出られなくなったとか、どう説明していいかわからない。フェンス壊せよってつっこまれそうだしね」

「まあ、確かに」

肩を落としながら小さな声でぼやいている本間に、芹が苦笑する。

「工具セットなら車に積んでありますんで、いざとなったら壊せそうなところぶっ壊せば脱出可能って思ってますけどね。駐車場のあたりとか。フェンスの向こうのつつじくらいは踏み越えられるっしょ、オレの車結構馬力あるんで」

うっすらと夕暮れの大気に淡く薄紫に滲《にじ》んで見える、正門近くのミニバンを八城は横目に見遣《みや》った。

その視線を追いかけるようにして同じ方向を見た笑が、少し不安げに小さく身体を震わせ、そっと胸元を押さえている。

じんわりと降りつつある夜の帳の予兆。それは明るい太陽の下よりも、奥底に押し殺していた弱気をいや増していくようだ。

「大丈夫」

その笑の頭に、ポンと大きなゴツい手が軽く置かれる。

「何かヤバいもん見たら、オレが避《よ》けられるようにすっから」

「……うん」

弱気が頭をもたげてきているのだろう笑が、ぎこちなく頷《うなず》いた。頷いて、気合を入れるように焼かれている肉の中から牛肉を選んですくいあげ、紙皿にワンバウンドさせてから、何枚かまとめて自分の口の中に運び込んで咀嚼する。

「がんばる。てゆか、あたしが来たいって言い出したんだから。それ忘れて泣き言とか言えないもん」

「いやー。それを考えると笑ちゃんが来てくれてよかったよ。芹さん一緒だし。北御門さんを気安く呼べるし。在原とか残ってたらまずやかましくて落ち着けない」

コンビニおにぎりを頬張りながら、本間はへらりとした緩い笑みを浮かべた。

「ナイス気休めです」

芹は自分が任されたカセットコンロで、焼きそばをできるだけつくり、タッパーに詰めていく。その合間に、こっそりと紙皿に目玉焼きと焼いた野菜を盛って自分の脇に置くと、少し離れたところに座って待っている玄武たちに目配《めくば》せをした。

怪異関係の非常時には彼女たちが頼りだ。いっぱい好きなモノを食べて、力を蓄えてもらわないといけない。

白と黒の振袖《ふりそで》を着た幼女二人は、二人でこそこそと何かを囁《ささや》き合っていた。内緒話をしているような仕草は微笑ましいが、珍しくどちらも表情が硬く見えるのは気のせいだろうか。とはいえすぐに芹の差し出す皿に気付いて、そろって「あ」の形に唇を動かし、並んで嬉しそうにお皿めがけて駆けてくる。

ガーン！　ガン、ガン、ゴン

ふいに、暮れなずむ大気を切り裂くように、低く響く大きな音がゆがんだ鐘の音のように周囲に鳴り渡った。

「ひゃ!?」

「何！」

全員の身体が跳ねるようにその場で硬直する。

「な、なに？　なに？」

笑が、紙皿を取り落しそうになって強張《こわば》り、無意識に隣に座っていた本間の上着を握りしめた。

「今の、聞いたことある感じの音だよね」

芹も半ば無意識にベンチから腰を浮きあげていた。確認するように口にした声は辛うじて動揺を表面に出さないことに成功したが、気を抜いていたせいか不意の大音量にどくんどくんと心臓だけが大きく脈打っているのをやけに生々しく感じられる。

意外と神経の太い本間が、笑を落ち着かせるように背中をあやしながら、周囲をぐるぐると見回し、眉間に皺をよせた。

「ああ。ほら、またあれじゃない？　僕らがここに入ってきてすぐに落ちたでしょ」

指をさす向こうには、夕暮れになじみ始めて黒ずんだ影のように見える観覧車が垣間見《かいま》えた。

観覧車のゴンドラは先ほどまで、てっぺんのひとつが欠けていたが、その欠けがさらに一つ増えている。落ちた観覧車の隣のゴンドラが見えない。

ギ、ギギ……と低く軋《きし》むような音がするのは、観覧車のバランスが変わって円環が動いているのかもしれない。

「観覧車、あんなにヤバいほど老朽化してたんすかね」

八城も立ち上がり、目を細めてその方向を見つめていた。

「僕が近寄ってみた時には、確かに老朽化してるとは思ったけど、今すぐにどうこうって感じには見えなかったんだけどなあ」

唯一、観覧車本体に近づいて色々確認していた本間が難しい顔をしている。

そろそろ、行動するには光源が必要な頃合いが近づこうとしていた。

3

八城真咲がサークル活動などの関係で、色々な便利用具を車に積み込んでいることは芹も知っていた。

今もLEDの非常用ライトがここにいる人数分、載せられていたらしく、手持ち用の懐中電灯系のライトと、頭周りに装着するヘッドバンド型のライト。そして置いて周囲を照らすのだろうランタン型ライトとバラエティ豊かだ。

「まあ、在原先輩と二階先輩が荷物置いてってくれましたしね。ありがたく借りましょ」

「非常時非常時」

腹ごしらえを終えると芹たちはミニバンの周囲に集まり、荷物の整理と確認を始めた。

そこでミニバンに半ば乗り込むようにしながら使えそうなものを物色する八城と本間が次々と取り出してくる。

「八城、お前のザックにでかいペットボトル入れる隙間あるか？」

「着替え関係を車に残せば、問題ないっす。芹先輩と笑ちゃんも、ちっちゃいペットボトルのほうの水は一個ずつ持ってってください。喉《のど》が渇いた時だけじゃなくて、擦り傷とか作った時、洗えるんで」

自分の大きめのリュックに2リットルペットボトルを詰め込んでいた八城は、芹と笑にも500ミリリットルのペットボトルを手渡してきた。

「確かに、汚れを落とせるのはありがたい」

「……でも、さすがに、墨まみれの軍手は洗えないかなあ。自分の体触らないように気をつけなくちゃ」

「墨って洗濯しても落ちないもんねえ」

芹と笑の荷物が少ないのは、先に宿泊予定の場所にあらかたの荷物を置いてきたせいだ。食事中には外して乾かしていた墨を吸った軍手はまだ微妙に湿り気を残しているらしく、小さいペットボトルを受け取った笑は微妙に不快そうな表情を浮かべている。

男性陣が車の中を引っ掻《か》き回している間に、芹と笑は焼きそばや焼肉の残りを小分けにラップに包んで荷物に入れた。ついでに、おやつとして持たされていたおはぎも、二個ずつラップで包み、男性陣とも分け合って持つことにする。

「お腹すくと、一気にテンション落ちるもんね。弱気になる」

「あと、寒いのもダメだよ。だから上着は忘れないでね笑ちゃん。何かの漫画で、空腹と寒さで、もう死にたいって弱気になるって読んだ気がする。わたし、それちょっと正しい気がするんだよね」

非常時には両手が空くのがいいと思い、笑にヘッドバンド型のライトを装着させながら、芹はしたり顔で語る。

「幸恵《ゆきえ》おばさんのアパート古かったもんね。隙間風とかすごかったんじゃない？」

おっとしまった。

ついつい軽口を叩《たた》いてしまったが、そういえば笑は、元大家さんの姪《めい》っ子にあたるのだ。間接的に事情を色々と知っている。

「芹先輩、これ、一応持っておいてください」

車から半分身を乗り出すようにして、八城が投げてくるのはスプレータイプの消臭剤だった。

「オレと、本間先輩の分もあるんで」

「……護身用催涙スプレーなら、ストラップ型のを本間さんにもらってるけど」

「あ。それとは別口っす。そっちは野犬とかヤバい人とか鷹雄光弦とかに主に使ってください。で。こっちは人間外系」

「中身、殺虫剤……とかじゃないよね」

芹は渡された柔らかな曲線のボトルに貼りつけられたラベルを確認し、首を傾げた。

「いやいや。最近、消臭剤って幽霊関係に効くって噂なんすよね。なんでか知らないけど、空気清浄機とかもいいって」

「なんで⁉」

そういった都市伝説系の噂話にはとんと疎い芹は、思わず声を裏返らせた。本間も消臭剤のスプレーのトリガーを握りこみ、その場でしゅっとミストを噴出させた。

「なんでって言われても……このメーカーの消臭剤は、除菌だけじゃなくて除霊もできるってのは噂にもなってるしね。溺《おぼ》れる者は藁《わら》でも摑《つか》むってことで」

「……ああ。気休め？」

「オレ、去年の秋ごろにはかなりお世話になったっすよ」

「八城くん、そんなもので身を護《まも》ってたんだ。でもどんな理屈？」

呆《あき》れたような感心したような。霊視のできる八城は、去年悪いものに取り憑《つ》かれていた時期がある。

「さあ」

「ま、一説にはこの消臭剤に使われている原料のトウモロコシが、アステカの神様由来だとか、成分の構造式が除霊の魔法陣の形に似てるとか言われてるよね。僕はどれも眉唾《まゆつば》だって思ってるけど」

あっさりとした八城ではあるが、その先輩は一応情報収集的なことはしていたらしい。

本人は指を舐《な》めて眉に塗るような仕草をしている。

芹はしみじみと、自分が手渡されたボトルを眺めた。半透明にラベルを貼った市販の消臭剤は、振ってみるとまだかなり残っている。

これで本当に霊が何とかなるなら、北御門家に未来はない気がするのだが……。

「ちなみにそれは在原のだから、遠慮なく使っていいよ。僕たちが汗臭くなると、時々それで攻撃される。夏は特に」

自分の荷物の中に色々と食料をはじめとした品物をまとめて、本間は「よっ」と声を出し、それを背負った。

芹も、自分のリュックを背負い直し、動きやすさを確かめるように体を捻《ね》じり、立ったまま軽く上半身のストレッチをする。笑も真似をするように屈伸運動をしていた。

護里と祈里も、芹の真似をするようにして捻じり運動をしてお互いにぶつかり合い、きゃっきゃと楽しそうにもめている。

「護里ちゃん、引き続き笑ちゃんお願いね」

さりげなく屈《かが》みこんでそう護里へと囁きかけると、黒い振袖の少女は一瞬だけ不満げな表情を浮かべるもすぐに気を取り直したようで、頷《うなず》き返した。

「あい。でも、せりさまがあぶなくなったら、まもりは、せりさまをまもります」

「嬉《うれ》しいけど、そこは少し踏ん張ってくれると嬉しいかな」

「うー。いのりちゃん、ちぇんじー」

「や、です」

「いじわるー」

「てきざい、てきしょ、です」

珍しく微妙にぐずる護里が祈里にしがみついて、ごねている。

式神たちは時々思わぬボキャブラリーを発揮するのだが、一体どこで知識を仕入れているのだろうか。

式神たちの微妙ないがみ合いに首を傾げながら、芹は折り畳みテーブルの上に置かれたLEDランタンを点灯させた。それは思ったよりも周囲を白く照らし出し、ただ目が慣れていただけで、ずいぶんと周囲は昏《くら》くなっていたのだと自覚させる。

本間はポケットから小さく折りたたんだコピー用紙を取り出して拡げる。

それはこの『さばまるファンシーランド』の園内マップだった。色鮮やかな緑やピンク、そして黄色で、園内のエリアが分けられている。本間はどうやらまだ開園していた頃のマップのデータを、プリントアウトしてきていたらしい。

正門から入ってすぐの場所に、待ち合わせにも使われていただろう噴水を擁した小さな広場。そこから真っ直ぐメインストリートが奥へと向かって延び、道の左右には土産物屋や軽食の小さな店が並んでいたようだ。メインストリートを進まず西側、左手に向かうと野外ステージ。東側、つまり右手には遊具が集められているようだ。

芹は園の大体の造りを改めて頭に叩き込もうとした。

「『廃園の恋人幻想殺人事件』のマップとあまり大きく変わらないんですね」

「うん。だからこその聖地だからねえ。鷹雄先生の小説では、この噴水が手水舎《ちょうずしゃ》、メインストリートが参道、そこから真っ直ぐに進んだ先のお城が本殿……さっきまでいた野外ステージが神楽殿《かぐらでん》、と」

本間がプリントアウトされたマップを指でさして確認していく。

「そういえば、芹さん。観覧車は御神木の見立てだったよね？」

小説を読んでいない芙だが、皇臥とスマホで話していた時の単語はいくつか覚えていたらしい。入園直後に観覧車のゴンドラが落ちるという稀有《けう》な状況に出くわしたこともあり、強く印象に残っていたのだろう。

「ああ、そうだね。小説の中では、さして大きく事件には関わらなかったと思うけど」

「そう思うと、ゴンドラが落ちていくのって、なんか不吉だよね。御神木って神社のご神体とか象徴とかだよね。その枝が次々と落ちていく感じで」

「……確かに」

笑の指摘に、微妙に胃の下あたりがひやりとなるような、不安感を覚えた。

観覧車の方向を見遣《みや》ると、すっかりと影になった観覧車が円環を欠けさせて佇《たたず》んでいる。

「そういうことって、小説の中にもあったの？」

「ううん、なかったはず」

この閉鎖された園内のどこかにいる鷹雄光弦の推理小説の舞台となった遊園地だ。笑の質問は好奇心だったのだろうが、少なくともそういったエピソードはなかった気がする。

「御神木は、神社のご神体になりえることも多いけど、『廃園の恋人幻想殺人事件』では、拝殿の奥の中の朽ちた人形がご神体として祀《まつ》られていたよね」

「その作者だからって鷹雄さんが実際、その通りにしているとは思わないですけど……」

小さな黒い亀の形に変化《へんげ》した護里を掬《すく》い上げて、芹は笑のボディバッグのベルトに取り付けていた小さな手製のカバンに、滑り込ませた。ついでに、彼女の上着についた枯草や埃《ほこり》を軽く払っておく。

「わたしは鷹雄さんの一応の知り合いの端くれとして、北御門の一応の嫁として、何をやってるのかくらいは、ちゃんと知っておきたいです」

「それが、ヤバいことだったらどうするんすか」

本間に比べれば荷物が小さく見えて軽装に見える八城が、ミニバンのドアを閉めると少し不機嫌にも聞こえる声音で問いかけてきた。

「ホントなら、オレ一人であちこち回るつもりだったんすけど」

「八城。重ねて言うけど、単独行動禁止」

八城の言葉をぴしゃりと本間がシャットアウトしている。

「わたしとしては八城くんには、笑ちゃんをお願いしたい」

「えー、真咲くんと一緒にいられるのは嬉しいけど、芹さんと離れるのヤダなー」

「……と色々と個々の思惑が入り乱れてるから、4人一緒に行動しよう。スマホが通じない可能性があるから、2組でもわかれたら不安でしょ」

それぞれの主張をやんわりと抑え込むような手の仕草で、本間はやや強引に意見を取りまとめた。

「本間さんって、ぽやぽやしてるように見えて意外と押しが強いね」

本人に聞こえないように、笑が声を低めて芹へと囁《ささや》きかけてくる。

「一応、こういうアウトドア活動でリーダーシップとってる人だしね」

笑の言い様につい笑みを誘われながらも、右手に絡まった八城以外には視えていない白蛇へと視線を落とした。

一人で行動する気は全然なかったが、たとえ一人でも芹自身は一人ではないという安心感がある。とはいえ、他人に心配をかける行為は慎むべきだ。

そう思うと、多少は関係者といえる八城と行動することも考えるのだが、笑は心配だし、廃墟《はいきょ》における本間の経験や装備は頼りになるはずだ。

つまり、4人ひとかたまりでいるのが芹にとっても都合がいい。

そう改めて腹を括《くく》ると、深呼吸をして借りた懐中電灯で周囲をぐるりと照らし出した。

白い光が周囲を舐めて過ぎ去った端で、がさりと何かが動いたような錯覚を覚えて、芹も小さく竦《すく》みそうになる。笑は芹の背負ったリュックから伸びたベルトの一部をぎゅっと握りしめていた。

「じゃあ、まずは園をフェンス沿いに一周して、出ていけそうな場所を探す。それで、無事に出ていけそうなら一番だしね」

片付けずに出しっぱなしの折り畳みテーブルに広げた地図をランタン型LEDで照らしながら、本間が『さばまるファンシーランド』の敷地のラインを指でぐるりとなぞった。

「車、置いていきたくないんすけどね。ま、背に腹は替えられねーし。優先順位は無事に出るってことでしょ」

八城が頷き、笑と芹もそれに追随するように首を縦に揺らした。ちなみに、首をもたげて一緒に覗《のぞ》き込んでいる亀と蛇も、一緒にこっくこっくと揺れている。

「でもさ。車がないと、ここから帰るのも大変だよね、徒歩になるもん」

笑は意外と現実的だ。

「スマホが使えるようになれば、タク呼べるっしょ」

「そっか。あとオリハルコンリゾートまで道なりに車で10分ほどだったよね。そこまで着ければいいのか」

本来宿泊するはずだったリゾートホテルには、すでにチェックインをすませている。カードキーのコテージだったので、そこでいざとなれば泊ればいい。非常事態だ。

行動の目標について目途が立つと、少し気持ちに余裕が出る。

ざっと音を立てて春の夜風が吹き抜け、舗装された地面を割って生えていた逞《たくま》しい雑草たちを撫《な》でていった。

「ちっと待っててください」

そう言いながら、正門に向かって八城が軽い歩調で駆けだした。何か平べったいものを小脇に抱えている。慌てて本間が声を上げ、数歩走り寄ろうとした。それに釣られるように、というよりも置いていかれる危惧《きぐ》に反射的に芹と笑も手を繫《つな》いで小走りになる。

「あ、こら!」

「大丈夫っす、見えるところにいますよ。すぐそこまでなんで」

そう言いながら八城の大きな背中は正門前で止まった。金髪に色を抜いた内弟子の頭は、目立つのでありがたい。彼が抱えていたのは潰《つぶ》した段ボールだ。商品名を印字された裏側に、マジックで大きめの字で文章が書かれている。

「万が一、思ったよりも迅速に師匠が来ちまうとすれ違いになるし、心配もかけるっすから、手紙的なものを置いといたほうがいいかなって」

「なるほど」

四月の初め、まだ陽が落ちるのが早く暗いとはいえ、時間的には深夜ともいえない。夕刻だ。公共の交通機関は十分動いている。

正門の分かりやすい位置に段ボールの伝言を引っ掛けようとしていた八城が、門の向こうを見て一瞬息を呑《の》んだ。横顔から垣間《かいま》見える表情が強張《こわば》っている。

「……八城くん?」

多分、この中で一番霊的な感覚に鋭い八城は、誰にも視えないモノを視ているのだろう。万が一にでも何か視えるのが怖くて、芹もさすがに真正面から正門の向こうを照らす勇気はなかった。

「一応聞くけど、何が視えてるの？」

「………ダイナミック握手会」

握手。低く、さらにひどく婉曲《えんきょく》的な表現で返ってきた答えに、芹は想像しかけて、慌てて心の急ブレーキをかけたのだが遅かった。

手。たくさん。伸ばされる、手、手、手。何かを摑《つか》もうと空を引っ掻《か》くように蠢《うごめ》く指。

ギシ、と正門が軋《きし》むような音を上げた。

不吉な音に押し寄せるような生白い手の群れを想像し、さらに正門が押し倒される光景を思い描いてしまう。さすがに視線を正門から逸《そ》らそうとした時。

ゴッ
聞き覚えのある音が再び大きく響く。それに続いてあちこちにぶつかりながら転がるような重々しい金属音——それが何の音かは、懐中電灯を照らして確認しなくとも、さすがに芹も察した。笑のびくつく反応で、むしろ少し冷静になる。その背中を軽くあやすようににぽんぽんと宥《なだ》めるように叩《たた》いた。

また、観覧車のゴンドラが落ちたらしい。

あんなもの、こんなに短時間に頻繁に落ちるものなのだろうか？

重さのバランスが狂って円環が動く、低い軋むような金属音が周囲の空気を震わせた。

「いや、でも、園内に入ってこられないのは確実っぽいし」

ゴンドラの落下音で我に返ったらしい八城の呟《つぶや》きは、自分に言い聞かせているようだった。正門から1メートルくらいのところに慎重に距離を測るようにして割れた舗装の一部で段ボールを斜めに支えると、その文面を照らすように、小さなペンライトをつけて置く。

「外から、読めるっすかね」

「読めなくとも何かあるのは、わかってくれると思う」

回り込んで文面の読め具合を確認する気にはなれず、芹たちは数歩遠ざかった。

本間と笑は、観覧車のほうが気になっているのだろう、同じ方向を見上げている。

「なんか、時計の鐘が鳴ってるみたい」

「十二個だから、余計にそう思うよね」

その言葉を耳に挟んでいた芹も、同意見だった。見えないタイムリミットに背中を押されるような気持ちになりながら、芹は自分の両頬を軽く張って気合を入れる。

「……よしっ。じゃあ、安全に出られそうな場所、さがそっか」

暗くなると、弱気が頭をもたげてくるという笑の言葉が、実感として染みわたるようだ。

それを振り切るように、芹はできるだけ明るい声を出した。

「何か話しながら、歩こうよ。歌でもいいな、できるだけ明るい話題がいいんだけど」

「じゃあ、恋バナ！　本間さん、振られた彼女ってどんな人？　どんなアプローチで失敗したの？　ねえ、芹さん知ってる⁉」

背筋を伸ばして大きく声を出すと、少しだけ強気を張ることができる気がする。芹の提案に笑が間髪《い》を容れずに乗ってきた。

「え？　待ってそれ恋バナ？　明るい話題？」

「……在原先輩いわく、未満にすらいたってねっすよね。笑える話ではあるかもしんねぇですけど」

「八城、お前くらいはせめて僕の味方しろよ！」

「オレは常に強いほうの味方っす、特に日常の兵糧的な意味で」

「それ、この場だと芹さん最強だよね！　でもってその庇護《ひご》下にいる笑ちゃん次点だよね知ってる！」

心の中にどうしても生じる不安や恐怖感を捻《ね》じ伏せ、大学生3人と中学生ひとりの一行は、殊更に明るい声で話しながら、『さばまるファンシーランド』を歩き出していた。

第六章　廃園幻想怪奇騒動

1

秋なら、風情が溢《あふ》れて垂れ流さんばかりのうるさいほどの虫の音だったかもしれない。

しかし、春になったばかりの季節では、りろりろとした聞き心地のいい虫の音ではなく、ジーという雑音のような音が聞こえるくらいだ。時折木立の中から鳥の声が警戒音のような甲高い音で啼《な》いているくらいだろうか。同じような音は、北御門《きたみかど》家を取り囲む林からも聞こえていた気がして、芹《せり》は目を細めた。

「春の音だなあって思ったりはするけど、こうしてずっと聞いてるとうるさいね」

「変電音かなって思ってたけど、虫の声なんだー。意識したことなかった」

笑《えみ》もくるくると周囲を見回している。

シンと静まり返った空気よりは、つまらないことでも口に出しているほうが気楽に思えて、他愛のない会話が妙に途切れない。誰かが会話の接ぎ穂を見失えば、誰かが無理にでも接ぐ感じだ。

「クビキリギスだね」

「首切り！」

「いや、確かに首切螽蟖《くびきりぎす》とか、めちゃくちゃ物騒な字を書くけど」

「わりとポピュラーな超長細いひし形みたいなバッタっすよ。草色で、時々赤っぽいのがいたりする」

「あー、そういえば護里《まもり》ちゃんと祈里《いのり》ちゃんが家で追いかけ回してたよね」

見覚えのある気がする昆虫を思い出して、くすりと芹は笑った。

「まもりちゃんといのりちゃん？　時々、芹さん名前出すよね」

芹と手をつないでいた笑が、不思議そうに首を傾げる。一瞬しまった、と思ったが、ほんの少しだけ考えて。

「えーと、猫。白と黒で可愛いの」

「あー。そういえば、時々なんか足音するよね、北御門さんちって。飼い猫ってお客さんの前になかなか出てこない子もいるし、見られないのざんねーん」

自分も猫を飼っているせいだろう、笑は納得したように頷《うなず》いた。

「にゃーん」

「みゃーん」

抗議するように、笑の背負った小さなボディバッグと、芹の手首から猫の声真似が響いた。心の中で「ごめん」と唱えつつ、その声に笑ってしまいそうになるのを堪《こら》える。

芹たち4人は『さばまるファンシーランド』の正門から、なぜか探検は左手の法則という本間《ほんま》の主張によって、西側から園を取り囲むフェンス沿いを歩き回りはじめていた。

正門から野外ステージの裏側を回り、高く伸びた雑草に難儀しながらも、安全に出られそうな場所を探すためだ。

「正門って固くチェーン巻いて閉められてたけど、そうなると鷹雄《たかお》さんも出入りするための場所があると思うんだよね。それに、私がお墓で会ったことを考えると、それなりに頻繁に出入りはしてるんだろうし」

昼間に霊園で顔を合わせた時の鷹雄光弦《こうげん》を思い出す。乾いてはいたがあまり古くなっていない供花《きょうか》や汚れのなかった墓石は彼が手入れをしてくれていたのかもしれない。

「だったら、絶対にどこか近くに車を止めてると思う。正面ゲートと駐車場跡にはそれらしい車、なかったよね」

「……あのスーツ姿でこの高さのフェンス登ってるのかと思うと、それはそれで面白い光景かもしんねっすね」

八城《やしろ》は自分の掲げた懐中電灯でフェンス向こうを照らした。

腰まで伸びた雑草の向こうに2メートルと少しくらいの白いペンキの剝《は》げた鉄柵《てっさく》が連なっている。その向こうは野放図に伸びたつつじを透かし、色濃くなりつつある闇が蟠《わだかま》っているかのようだ。白く強い人工の光も、何も照らし出すものがなく虚空に呑《の》まれていく。

「あんまり聞きたくないけど……何か視える？」

父と違って自分が視えない体質であるのをいいことに、芹は八城が照らす明かりの向こうを見遣《みや》り問いかけた。

4人がそれぞれ予備も含めて野外活動用の懐中電灯を持っている。各々が照らし出す場所はまちまちだ。笑は自分の足許《あしもと》を重点的に照らし、本間は園内を警戒するように時折舐《な》めるように光を這《は》わせる。

「いや。正門はちょっとうじゃうじゃいる感じでヤバかったっすけど。周辺はそうでもないっつーか」

害虫のことでも話しているような口調に、本間と笑が嫌そうな表情を並べている。

「多分、なんすけど。この遊園地に来るまでの道筋が、霊道っていうかそういうものが流れてきやすい、エスカレーター的なものだって気がするんすよ。その流れが、正門で止められてるって感じになって、溜《た》まってる。だから他の場所はうっかりとそれからはぐれたのが困ってうろついてる気配で……」

く挙手をした。

八城のやや抽象的な言い方に芹と本間はそろって同じ角度に首を傾げるも、笑は元気よく挙手をした。

「あたし、霊道って聞いたことある。幽霊とかが通る道ってやつだよね？　前に調べたことあるんだけど、お墓とか仏壇や仏間にいく道がそうなりやすいとか、本で読んだよ」

笑の言葉にうなずき、八城はもう一度念入りに強めの白い光の円で園外を照らす。

「今はそういう認識でいいや。ともかく、正門に続いてた道って、そう思うと霊道っていうよりも霊ベルトコンベアって感じで、霊が流れてる感じだなって思ったんす」

「お前、ここに来るまでそんなこと言わなかったじゃないか」

やや抗議めいた口調で、本間がつっこむ。

「だから、昼間にも言ってたっすけど……道なりに嫌な感じはあったんすよ。けど、園内は綺麗《きれい》なもんだったし、気配はなかったし。オレらがここに到着した時には、基本的に霊の個人ツアー客が、大通りを道なりに歩いているうちに迷ってるって感じだったのが、今は団体観光ツアーに来てるみたいな気配になってて……」

「……うえ」

芹と笑が並んで嫌な顔をした。

芹などは近所のバスプールと呼ばれる観光バス駐車場から、銀閣寺《ぎんかくじ》に向けて流れていく団体旅行客全部が霊だったらという想像に達して、頭痛に近いものを感じる。

「で。個人観光なら、憧《あこが》れのお城的観光地の前まで来たけど門が閉まってるから、立ち去りがたくてうろうろしてる……って感じだったんすけど」

「団体旅行客が閉まってる目玉観光地を前に、集団ヒステリー起こして、門を破ろうとせんばかり。と」

少しおどけて、本間が言い添えてみた。

「……ぴんぽーん」

「うわ。そこは正解してほしくなかった」

「それが、お前のいうダイナミック握手会状態かー」

世にも沈んだ低い正解音を吐き出した八城に、本間が頭を抱える。どうにもこの先輩後輩は気が合うのか、最悪の空気でも微妙にやりとりが緩む。

「だから、万が一のこと考えたら正門はあんまり近づかないほうがいいっすね」

苦々しくそう口にする八城の表情を見上げながら、芹は密《ひそ》かに考えこむ。

昼間にも話していたが、本当にそうだとすると芹たちが無防備に『さばまるファンシーランド』から出るのは危険なはずだ。いや、実は視える体質の八城にだけ危険で、視えない自分たちには無害なのだろうか。

しかし、在原美葉瑠《ありわらみはる》はフェンスの向こうから、髪を引っ張られ何度も鉄柵に頭をぶつけることになった。二階侑吾《にかいゆうご》も、正門に近づいた際に手に息遣いを感じたという。

今まで、この廃遊園地の探検の際に事件が起きていたとしたら、ここはとっくに取り壊しになっていただろうし、そんな危険な場所を本間が探検に選ぶはずがない。彼はサークル活動での下準備に熱心だ。特に今回は、片思い相手を伴うはずだったのだから、気を惹《ひ》くためであっても危険の気配があればまず回避するだろう。

「本間さん。ここの廃墟《はいきょ》探検って、ネットとかに載ってたんですよね？」

「うん。場所は特定されているしね、いくつかの廃墟系有名ブログにも画像が出てるよ」

確認するように投げた疑問に、本間は気安く答える。答えて、肩を小さく竦《すく》めた。

「……それで、おかしな体験をしたって方向での記事はなかったと思う。あちこちに痕跡《こんせき》が残ってるけど、にぎやかな人たちが入り込んでたこともあるっぽいしね」

「ですよね。……わたしたちが入ってから、なんですよね」

さて、何をしでかしたのか。芹の経験上、怪異に巻き込まれるきっかけには何らかのトリガーがある。

「そんなん。あのクロスケがなんかやったに決まってるでしょ」

「でも、在原さんや二階くんが被害に遭ったのって、鷹雄さんが敵意を剥《む》きだしてくる前なんだから、その前に、何かの地雷を踏んだかやらかしたのは確実なんじゃないかなあ」

芹はやんわりと指摘する。この中でただ一人視える八城にとって、この地はひどくプレッシャーなのだろう。芹を含めた3人に対しての責任も感じているにちがいなかった。

年下の彼にそれを背負わすのは申し訳ないし、理不尽に思える。

同じことを思ったのだろう、本間が少し口調を明るく変えて霊は視えない視線を廃遊園地外の闇へと向けた。

「でも、正門よりも外にいるものが少ないなら、この辺りを歩くのは少しは気楽だね」

「まあ……そうっすね」

そう答えながらも、八城はあまりフェンスの向こうを見ようとはしない。

「……ああー。八城くんはああいうのを見つけた時の対処って、徹底的な無視、だっけ」

ふと、そんなことを以前聞いたような気がして芹は一人納得する。

しばらくの間は黙り込んでしまうのが怖いような気がして、4人で順繰りに話を振りあう。ざくざくと歩く音に、まるで追従するかのようにフェンスの向こうから足音が聞こえる気がして、芹は小さく身体を震わせた。

同じ音を聞いていたのか、笑もそっと芹の上着を摑《つか》むようにして、身を寄せてくる。

「ちょ、ちょっとだけ、柵から離れよっか」

つとめて明るく口にしようとした最初の一声が、微妙に上ずってしまった。

「そだね。時々、つつじが意外に枝伸ばしてて、引っ掛かりそうになるし」

「あ」

互いに微妙に空虚な笑みを滲《にじ》ませながら、笑と笑い合っていたところに、本間がフェンスの向こうに懐中電灯の光を当てつつ声を上げた。

「車」

フェンスの外へと這わせる光の楕円《だえん》とは別の、小さなペンライトで自分の顔を下から照らしていた笑が、声を跳ね上げる。

「あれ、多分あの黒い人が乗ってた車だよ！　おんなじだもん！」

「え。ほんと？」

細い指先を暗がりへと突き付けつつ、笑は芹を振り仰ぐ。

確かにフェンス脇の木の陰になって見過ごしそうだったが、黒い車が一台停められていた。打ち捨てられた廃車というわけではなさそうだ。

四条《よすじ》の白い光が数メートル離れた位置に駐車されている車を照らす。あまり磨かれているとは言い難い黒い車は、それでもぬめるようなテカリを帯びているように見える。

「そういえば笑ちゃん、霊園の駐車場で鷹雄さんを見てたっけ。車も、見てたの？」

「ん。あんまり車は、詳しくないけど……ほら、バックミラーに、ちっちゃい巾着《きんちゃく》がつられてるの、ぶたまんみたいって思ったの覚えてる。てゆーか、あれ、えっと……」

意外と目敏《めざと》い。

懐中電灯の光を座席のあたりに集中させ、そう感心して耳を傾けていると、笑があからさまに口籠《くちご》った。余計なことを口走った、という表情だ。

「笑ちゃん？」

「あ。うん……ごめん。その、同じようなお守り袋、大兄《だいにい》が車の同じ場所につけてたなあって、そんなふうに覚えてたから」

暗がりの中で、笑が小さく恐縮するような仕草を見せた。

ああ。と芹は得心がいく。笑が言う大兄とは、三枝大典《さえぐさだいすけ》のことだろう。高倉《たかくら》笑と三枝大典は従兄妹《いとこ》同士なのだ、車に乗せてもらうこともあっただろう。

今となってはあまりいい感情を抱いている相手とは言えないが、一人っ子の笑にとってはいい兄貴分だったのかもしれない。

「そっか、笑ちゃんがそんなふうに覚えてるなら、間違いないか」

心持ち小さく身を縮める笑の頭を軽く撫《な》でるようにして、芹は視線を周囲へと向けた。

暗くてよくわからないが、もうとっくに野外ステージを通り過ぎて、がらんとした空き地に差し掛かっており、このあたりにかつて何があったのかはわからない。

崩れかけた小屋が建っているが、それが何かを確認しに行く気にはなれなかった。

「駐車場から、かなり外れたところに停めてるよね」

「……なんか、やってるんすかね。この辺りは、変なの、視えねえっすわ」

本間と八城も、それぞれの視点で周囲を見回している。

八城は眉間《みけん》に皺《しわ》を寄せて車を見つめ、本間は周囲を気にするように、電灯の光でくるくると周囲を嘗《な》め回す。

「あ」

短く声を漏らし、本間が数歩崩れかけた小屋へと近づき、屈《かが》みこんだ。何かを見つけたらしい。背の高い雑草に紛れてよくわからなかったが、立ち上がった本間が両手に思いがけず大きなものを掲げて、芹たちへと示した。

脚立だ。

二つ折りの梯子《はしご》、というのだろうか。鈍い銀色の金属製で、北御門家でも秋に栗を落とした時に使ったポピュラーなものだ。

本間はそれを軽々と抱えて運んでくると、フェンスの脇へと立ててみた。そして錆《さ》びかけた鉄柵《てつさく》を握って揺すっている。

「ちょっと高さ足りない？」

「いや、フェンスのてっぺんに上がるには十分でしょ。これで、一度上まで上がって、反対側に脚立下ろして、向こう側に降りる、と。フェンスに全体重預けるのは怖いから……うん、あの木を掴むか何かして、身体を支えたんじゃないかな」

つまり、鷹雄光弦はこの辺りから出入りしていたということだろう。

柵に寄り添うようにして立っている木を見上げ、照らしたフェンスの一部に錆《さび》が削れたような痕跡を見つけて本間が指をさす。

「意外と堅実」

「あの黒スーツのままで、梯子の上り下りしていたかって思うと、それはそれで笑える」

女子二人が納得して頷《うなず》きあってる横で、男子二人がうっすらと黒い表情で囁《ささや》いている。

「……あの車、非常時ってことで盗めないっすかね。変なモノよってきてない感じなんで、オレとしてはありがたいんすけど」

「いやーさすがに、キーは抜いてるでしょ。僕、そういうスキルはないから。南京錠壊すのが精いっぱいだからね？」

「チ、やっぱオレの車、外においておけばよかった」

「そうすると、お腹を満たせなかったわけだし。空腹のまま余裕なく探検って厳しいよ。

今は満腹で、残り物と水をしっかり荷物に詰めてるから気が楽っての確実にあるからね」

舌打ちする八城を宥《なだ》めるように、本間はのんびりと彼の分厚い肩を叩《たた》いた。

いかつい顔に一応納得を浮かべる八城だが、少し考えこみフェンスを握りこむと揺すり、そして推定鷹雄光弦が出入りに使っているのだろう木の近くまで脚立を移動させ始める。

それに気づいた芹と笑が、男性陣のほうへと近づいていく。

「八城くん？」

「あの車の周辺、ちょっと気になるんで見てきます。霊除《よ》けの結界とか張ってるなら、それ参考にできないかって思うんす。それに、試しに園外に出ても問題なさそうなら、正門は無理でもフェンス倒せそうなところ、オレの車でつっこんでいいっしょ」

「乱暴だなあ。危ないし……」

そう諫《いさ》めようとするも、確かにそれで何の危険もなく外に出られるなら手っ取り早い。

「ヤバいと思ったら、すぐ戻ってくるんで。それ、できんのオレだけっすわ」

確かに、芹を含む他のメンバーではどんなふうに何が危険なのかもわからない。ただ、時折ひどく嫌な気配を感じるのが精いっぱいだ。八城は準備運動のように肩を回し、アキレス腱《けん》を伸ばす仕草をして、間近に立てた脚立へと手をかけた。

「さっきも言いましたけど、この辺はあんまり嫌な気配はないっす。んで、思ったのは正門からの真っ当な出入りが、危ないんじゃないかってことでして」

「ああ。確かに僕たちが来るまで正門は閉められてたしね。でも他の探検隊も侵入するなら正門近辺が多かったんじゃないかな……」

八城の推測に、本間が頷きつつも表情は曇りがちだ。

「じゃあ、ちょっと試してみるのはありだけど……くれぐれも無理はするなよ。お前が怪我とかしたら、僕じゃ運べないからな」

「うす」

ぎし、とさして古くもない脚立が八城が体重をかけるたびに低く音を立てる。その様子をハンディライトで照らしながら、笑も息を呑《の》んで見守っている。

慎重に登り、さすがに少し表情をこわばらせた八城はフェンスの一番上に手をかけ、もう片方の手を張り出した木の枝を握るようにして身体を支え、一瞬だけ躊躇《ためら》いを見せたものの、すぐに向こう側へと飛び降りた。

足に衝撃が走ったのか、長躯《ちょうく》が強張《こわば》ったような動きになり、ぎくしゃくとして動き出す。

「おい、だから無茶するなって！」

脚立を柵の隙間から外側へと出す手伝いをしていた本間が少し厳しく注意を投げた。

「さーせん。でもこのくらいなら大丈夫かって」

「……けっこう高いよねえ。あたしは無理かなあ」

2メートルくらいはありそうな錆びかけた鉄柵を見上げ、ぼそりと笑が呟く。

「男の子だねー」

無事そうな八城を目で追って、芹としても苦笑するしかない。そして、ふと気づいたように右手に巻き付いた小さな白蛇を見遣《みや》る。白蛇はしばし迷うような気配を浮かべてから、芹の手首からポトリと落ちた。

そのまま、するりとフェンスをくぐり、白蛇はつつじの植え込みを容易《たやす》く抜けて八城の後を追う。周囲を見回しながら、推定鷹雄光弦の車へと近づこうとした八城が、祈里の気配に気づいたらしく、芹を振り返って小さく会釈をした。

その間に、本間はフェンスの隙間から一度閉じた脚立を外に出して、八城が帰ってきやすいように外に立てている。

足音を忍ばせるようなことは無意味だろうと、八城は大股《おおまた》で車へと近づいていく。

黒の普通自動車。ありふれたセダンだ。

シートがアレンジしにくいし、アウトドアを主流とする八城にはいささか融通が利かなく思えるが車の基本型である。走行性能と居住性は少し羨《うらや》ましい。

手を伸ばせば車体に触れられるくらいに近づいたが、特に異常はない。彼の視界には、常にちらちらと奇妙な影がちらつくが、それも今はなりを潜めているかのようだ。

外周を歩き出してからずっと柵越しににやつきながら八城を覗《のぞ》き込もうとしていた老人の気配もない。

園内から心配そうに息を呑んで見つめてくる三対の視線を感じるだけだ。それがふと増える瞬間もあるが、それくらいなら八城は気にしなかった。

額に付けたヘッドライトで照らし、無造作に車窓を覗きこむ。

「うわ」

思わず八城は声を漏らした。

運転席は綺麗《きれい》なものだが、助手席の下と後部座席にはゴミと思《おぼ》しきレジ袋や市町村指定のゴミ袋が膨らんで無造作に置かれている。

半透明のビニール袋からかすかに覗ける中身は、コンビニのおにぎりや総菜の空き容器のようだ。助手席には小さなカバンと薄っぺらい毛布が丸まっている。

身嗜《みだしな》みはきちんとして見えただけに、家のない人とは思わないが、かなりの時間腰を落ち着けた生活をしていないのではないだろうか。

バックミラーのところに、確かに肉まんめいた白くて丸い巾着《きんちゃく》をみつけ、なるほどと小さく頷いた。交通安全か何かのお守りかとも思ったが、神社名などの刻印がない。手作りのように見える。それに間近で確認してみるとひどく古びていて黒ずんでおり、黒糖まんと言われたほうがしっくりくる。

ふと何かが記憶の一角に引っ掛かった気がして、八城は首を捻《ひね》った。

見覚えがある……気がする。

「……なんか、似たの、見たことあるよな」

小さく唸《うな》り、しばし考えるも出てこない。しかし、見覚えがあるということは手作りかと思えたが、売り物なのだろうか？　高倉笑もこの巾着を気に留めていたようだし。

車のナンバープレートを確認すれば京都ナンバーだ。周囲に何か置いていないかとヘッドライトと手に持った細身の懐中電灯で照らすも、特に目立つものはない。何かで霊除けをしているような様子もなかった。

収穫なしであることに落胆し、肩を落とすとフェンス越しに心配そうにこちらを見守っている芹や本間たちを振り返り、手を振って見せる。

そして周囲をもう一度確認するように見回した。

八城の視界の端に引っ掛かるように一瞬白い影が過《よぎ》る。

その視界に入るノイズのような気配にわざと焦点を合わせずに、目を逸《そ》らした。基本的には八城は人ならぬ気配を感じてもそうやってやり過ごしてきた。

何か役に立ちそうなものや、ここから安全に出る手掛かりがあるのではないかと思ったが簡単には見つからないようだ。念のため、車を開けてみようとしたがさすがに扉は固くロックされている。

窓を壊して車内を詳しく探ってやろうかとも思ったが、さすがにそれには躊躇われた。普通に考えて犯罪だ。

考え直すように頭を掻《か》くと、バンドで止めたライトがずれてしまい、慌てて直す。

手ぶらで戻るのは少々気まずくもあるが、それでも園の境界を越えてここまで歩いてきても、特に異変はなさそうだ。ジー、と雑音めいた虫の音が周囲に響く。

「ちっと、怖がり過ぎたか？」

実際、在原美葉瑠が危害を加えられているし、二階侑吾も気味の悪い思いをしていただけに、慎重になりすぎたのだろうか。

春とはいえ、夜にしては生ぬるいような風がぬらりと一瞬頬を撫《な》でた。

ぞわり、と肌が粟立《あわだ》つ。

生温かいと感じたのは一瞬だ、あとは立った鳥肌のせいだろうか、一気に気温が冷えたような気がした。

「あ。やべ」

この感覚に、覚えがある気がした。

シン、と急に静寂が落ちた。先ほどまで鳴いていた虫の音が消えている。

昨年の夏に、じっとりとした長い髪の女に長く付きまとわれた経験がある。それも、北御門皇臥《こうが》の手腕によって解放されるに至ったのだが、その時の感覚に似ている気がした。

慌てて周囲を見回しかけて……八城はその感覚の源を視るよりも、身の安全を取る。

分厚い長躯《ちょうく》が弾《はじ》けるように身を翻し、一気に廃遊園地へと駆け戻ろうとした。

「八城くん!?」

「さーせん!　なんか、やべえ!　戻ります!」

「八城!」

本間が気を利かせて、脚立を鉄柵《てっさく》の狭間《はざま》から出して外側で固定してくれていた。八城の勢いに脚立が倒れてしまわないように、手で押さえてくれている。

大股で駆ける頭の後ろで、震えるような呼吸の音が聞こえたような気がして、八城は反射的に振り払うように腕をぶん回した。しかし、何も触れるような感覚はない。

空を切った腕は、そのままフェンスの外へと置かれた脚立の脚を摑《つか》み、足をかける。

フェンス越しとはいえ手を伸ばせば芹や本間たちに届くと一瞬の安堵《あんど》が心を過った。

ざざざ、とまるで雑草が掻き分けられるように揺れる音がする。

もう、脚立の上段に一歩乗り上げれば、あとは向こう側に身を躍らせるだけ、そうわずかに生じた余裕に、その音の方向へと首を捻じり――

「あ」

背の高い雑草を揺らし掻き乱しながら、何か黒いモノが迫っていた。

一つではない。

八城の背筋が凍りつく。葦追《よしおい》でぞろぞろと黒髪が伸びる女の化物を見たことがあるが、滲《にじ》む気配はそれに似ていた。

雑草を掻き分け、黒い影が這《は》い寄ってくる。三つまでは、視界の隅に雑草の揺れとして視認した。が、乱れた砂利を踏むような音は、それ以上に思える。面白がって大きめの岩をひっくり返した時に、その下から思ったよりも大きいサイズのゲジゲジとナメクジが大量に這い出してきてしまったのを見た時の生理的な嫌悪感に似ていた。

「うっそだろ。何が……」

時折ゆらゆらと視界の隅を漂い、己を覗き込もうとするような人の形ではない。

爛々《らんらん》と煮え滾《たぎ》ったような負の感情を凝《こご》らせた目を一対、見た。

それに呑まれたように気を取られた瞬間、二段ほど飛ばして梯子段《はしごだん》にかけようとした足が、ぬるっとしたものに絡みつかれる。

「うわぁ⁉」

「八城くん！」

軽々と跳ぶように脚立を上がろうとした八城が、芹の目の前で奇妙な声を上げ、その身体が不自然に後ろへと傾ぐ。

厚地のジーンズ生地越しに絡みつくものが、少しずつ登ってくるのが生々しく感じられた。後ろに倒れそうになりながらも慌てて脚立の支柱を掴もうとし、八城はちらりと視線を引かれた足へと向ける。

ジーンズを引くようにしがみつくのは、まるで影のような真っ黒な腕だった。

輪郭が滲み、関節があやふやに見えるせいだろうか、ありえない動きで八城の脚を這い登ろうとしている。異様に長い腕は肩へとつながり、そして顔立ちは暗闇に紛れて見えないのに、目だけがぎょろりと血走って八城を見据えている。その眼が、にんまりと半月形に細まった。

冷たい背筋がさらに凍り付く。

思い切り蹴《け》りつけようと思ったが、梯子の段にかかっていない足を取られており、バランスを崩しそうになった。絡む手の冷気が、きゅっと縮む心臓へと体内を沁《し》みとおるように伝わってくるような気がした。

まずい。

本能でそう感じとる。

これは生きている人間が関わってはいけない類《たぐい》のものだ、と。

不意に、その腕が力ずくで引き離される。

「うわっ!?」

マジックテープが剝《は》がれるときに似た抵抗を感じながら、八城は引かれる力の巻き添えになりそうになって慌てて梯子にしがみつく。影が引き離されていくのと同時に、体の中を沁みる冷気は去った。

「やしろ。はやくのぼる、です」

舌足らずな甘い声、しかし今はその言葉は無機質に聞こえた。

八城に絡みつこうとしていた黒い影に、逆に締め付けるように絡みつき返しているものがある――蛇だ。

八城の後ろで、白い振袖《ふりそで》の少女が立ちはだかり、長い髪の狭間から這い出る蛇が正体知れぬ影を絡めとっている。

退魔に特化した北御門家の十二天将、玄武《げんぶ》の銘を持つ式神・祈里だ。

普段は契約者である芹にべったりだが、芹に指示されて八城についてきてくれていたのを意識から外していた。

「悪い、助かった」

「せりさまの、おねがいです」

礼不要とばかりに、祈里はそっけなく言い捨て、動けないように縛《いまし》めた影の首筋あたりへと己の手指を無造作に埋めた。その指の形がまるで牙《きば》のように見え、首を締め付けるのかと想像するよりも早く、あっけなく影は塵《ちり》のように霧散した。

ばさり、と大量の塵がその足元に落ちていく。

もっともそれは春の風に掻き乱されるようにすぐに紛れて消えていった。

その隙に、祈里の動きを気にしつつも八城はがしがしと邪魔されることなく脚立を登り、頂点部までたどりつくと、飛び降りる姿勢のまま振り返る。

あの黒い影のようなモノは一つではなかった。複数、八城へと迫ってきていたのを祈里も気づいているはずだ。そして、八城が振り返ればヘッドバンドに固定したＬＥＤライトがその視線に導かれるように見る先が白く照らし出される。その先は不自然にざわざわと黒い影が蟠《わだかま》っていた。

「だいじょぶ、です」

八城の焦りに反応したのか、退魔特化の式神は不敵に、無感情に呟《つぶや》く。

先ほど影の首に埋めた指を、ちろりと小さな舌で舐《な》めるような仕草をして、威嚇するかのように振袖の背をわずかにかがめた。

如何《いか》に自信たっぷりであろうとも、八城にとっては幼女にしか見えない式神である。そちらを心配げに見遣《みや》りつつ、外に跳び降りた時と同じように、廃園内へと再び飛び降りた。

じわっと痺《しび》れるような衝撃が両足の裏から膝《ひざ》まで走ったが、自分の体重への恨みが頭のすみを過るだけで他にダメージはない。

「真咲《まさき》くん、大丈夫？」

「うす」

最初に心配そうにのぞき込んできたのは笑だ。芹は、息を吞《の》むようにして錆《さ》びかけた柵を握りしめ、祈里を見守っている。

「ね、何が視えたの？　何があったの？　あたし、何にも視えないからわかんない」

足の痺れを我慢して立ち上がった八城へと、不安そうに笑が問いを投げた。

確かに霊感のない笑にとっては、遊園地の外に駐車されていた乗用車を調べていた八城が、急にすごい形相で戻ってきたようなものだろう。芹にも何かがあった、ということはわかっても、視えない。それがひどくもどかしい。

「祈里ちゃん、何があったのかわからないけど、無理しないでね」

「あい。しません」

八城の危機を救った式神の幼女も、遊園地内は安全と考えているのだろう、白い髪の幼い娘姿は、威嚇の姿勢を収めるとあっという間に小さな白蛇の姿へと戻り、己の契約者の許《もと》へと戻るために踵《きびす》を返す。

それを隙と思ったのかもしれない。まだ周囲にゆらゆらと集おうとしていた気味の悪い影は小さく変化《へんげ》した蛇へと群がろうとして——。

白い蛇は再び迎え打つ姿勢をとるかどうかを、迷ったのだろう。

ほんの一瞬、止めた動きが黒い影に追いつかれる間隙《かんげき》となった。祈里はそれを悟り、舌打ちして蛇姿のまま向き直ってその影を迎え撃とうと鎌首をもたげる。が。それは突然のことだった。

ばさり

祈里に襲い掛かろうとした輪郭の覚束《おぼつか》ない黒い影が、すべて先ほどと同じように黒い塵へと変化した。

砂のように芥《ごみ》のように、影のようなものは頼りなく形をなくして細粒となり風に乗る。

見ていたはずの八城には、何が起きているのかわからなかった。

「え」

迎撃しようとしていた白蛇は、その黒い塵をまともに頭から浴びることになる。小さな丸い白頭に、小指の爪分ほど黒い塵をのせたまま、きょとんとしていた。一番近くで目の当たりにしていた彼女自身にも、一体何が起きたのかわからないようだ。

すぐに気を取り直してぷるぷると首を振り、その塵を飛ばすと無表情なはずの白蛇は奇妙に釈然としない表情で左右に首を傾げ、何度も振り返りながらつつじの植え込みとフェンスの隙間を抜けて、芹の許へと戻ってきた。

それを腕に再び招いている最中に、不意に周囲に大きな音が響き渡る。

ギギ、ギギと金属が割れるような高い音と、重いものが軋《きし》む鈍い音。

もう何度か聞いている、高いところから重いものが、引っかかりながら落ちていく音だった。

ゴッ、ゴゴ、ガリッ　ガガッ

「……観覧車のゴンドラ、また落ちた？」

ゴンドラがあちこちの支柱にぶつかりながら落ちていく音だ。笑がやはり少し怯《ひる》んだような表情を浮かべながら、闇夜に沈んだ観覧車のある方向へと懐中電灯を向けたが、その光量では観覧車を浮かび上がらせるのは無理だ。

最後に石畳の上にゴンドラが落ちて打ち付けられる大きな音が響いて、周囲には再び静寂が戻った。

ギィイ、と重々しく軋むような音が後に長く尾を引いたのは、観覧車のゴンドラが次々に落ちて、円環のバランスが狂っていくからだろう。

「これで、四つ目?」

笑が指折数えた。この廃遊園地に入った直後。先ほどの夕食時に二つ。そして今回。

「なんか、葦追の村を覚えてるせいか、時計にせかされているみたいでいやな感じだね」

「確かに。でも時間ごとに落ちてるわけじゃなさそうですし」

「いやー。葦追のあれも、かなり不規則だったじゃない?」

本間と芹が、顔を見合わせて苦く笑った。

この場にいる本間と八城は、葦追の廃村での事件で親しくなったのだ。ほんの束の間、懐かしく感じられた気がして、芹はわずかに笑みを深めた。

しかし葦追でも、高倉家での事件でも、北御門皇臥が傍らにいてくれた。その空白が今はひどく頼りない。

　芹は今はその自覚のない空虚感を振り払うようにして、一度強く頭《かぶり》を振って八城へと向き直った。

「八城くん、今何があったの？　わたしたちには視えないから、よくわからなかったんだけど」

「そうだね。あと鷹雄先生の車に、何か手がかりっぽいものはあったか？」

　芹と本間も笑と同じようなことを八城へと問いかける。笑も追及はしてこなかったが何かがあったのはわかるのだろう、手渡された消臭剤をしゅかしゅかと八城と柵《さく》の外に交互に吹きかけながら、じっと見上げていた。

　八城は消臭剤を浴びながら一度気を落ち着けるために、リュックから500ミリリットルのペットボトルを取り出し、半分ほど残っていた緑茶を一気に飲み干した。

「えーと、すんません。ぶっちゃけ車の周囲からは何も、利用できるものとか、この状況を収める手掛かりとかは見つかりませんでした。車の中、詳しく探し回れば別だったかも知んねーけど」

　八城は芹たちへと頭を下げた。

「んで。車の周りをうろうろしてる時、なんか変なものが迫ってきました。影みたいな、ボヤッとした塊で……オレには女の形に見えたけど、それが定型ってわけじゃないと思うっす。間近まで迫ったのが、それってだけで……」

草や木立を揺らして迫る影は一つではなかった。

八城を見つけ出し、迫る姿からは敵意のようなモノが溢《あふ》れ出していた気がする。

「ええと……危ないモノ、なんだよね？」

芹が、迷いながらも確認した。祈里が立ちはだかったのだから、おそらく危険を感じたのだろう。本当は、身を護《まも》るなら護里に頼むのが安心なのだろうけれど、芹としては護里は笑の傍から離したくない。

「多分。この辺りをうろついてる他の霊とは違って、明らかに敵意っていうか……ヤバい感じ満載でした」

頷《うなず》きながら、八城は眉間《みけん》に皺《しわ》を深く刻んだ。

「ヤバい感じ？　……どんな風に？　ごめん、わたしそういう方面詳しくないから、差がわかんないんだよね。いちいち説明求めるのも申し訳ないけど、そこの違いは是非とも」

「そうっすね……」

芹が右手のひらを拝むように顔の前に立てた。この中で唯一の霊に敏感な体質の八城にかかる手間と負担は申し訳ない気がするのだが、迫った危険に関しては詳しく聞いておきたい。

「えーと。基本、オレが視るのは割と生前と変わらない格好で、フラッと彷徨《さまよ》うカジュアルな霊が多いんす。自分が死んだってこと自覚してないのもいるし、途方に暮れたみたいにあちこちに座ってる感じのとか」

「幽霊にカジュアルとかフォーマルとかあるんだ……」

「いや、気軽に視える感じってことで、軽く流してください。そういう連中って、生きてる人間の中に溶け込んでるっていうか……生前の行動を習慣みたいになぞってる感じで、周囲に対して無頓着《むとんちゃく》なのが多いんですよ。オレらだって、向かいから歩いてくる通行人とか、コンビニで買い物してる別の客とかが、おかしな行動とってなきゃほとんど気にしたりしないっしょ？」

「確かに」

「でも、美葉瑠さんは乱暴なこと、されたよね？」

本間が頷く傍らで、笑が首を傾げて確認する。フェンス越しに髪を引かれて、何度も頭を打ち付けられたのを思い出し、芹も同じように首を傾げる。

「まあ、そこは一度脇に置いてほしいっす。ってことで、オレが視るのは基本生前とあまり変化ないというか、死因とかによりますけど、ちょい違和感がある程度なんですよ。多少血まみれとか」

そこは、ちょい違和感ではすまない。

話を聞いている全員がそう心の中でつっこんだが、水を差すのを控えた。

「ぶつぶつ呟いてたり、奇声あげてたりってこともありますけど、生きてる人間に対してはほとんど関心を持たないんすよ。けど、今迫ってきたのは違う。多分だけど、普通の霊じゃない。正門でたむろしてダイナミック握手会やってた連中とも違うんです」

八城は自分でも確認するように、一言一言を噛《か》み締めるようにして口にしている。芹も息を呑むようにしてそれに耳を傾けた。今は少しでも異常に対する情報が欲しい。

「率直に言うと、もう確実に危害加えるぞー！って勢い満々なんです。そのために体作って、ナイフとか武器持ってきたって感じの。でもってそれが『見つけたぜヒャッハー!!』って駆け寄ってきた。あれは、普通じゃないです。オレ、霊視るのは慣れてますけど、確実に異質っす」

「……勢いのある霊は……いやだね」

本間がぼそりと呟《つぶや》いたが、茶化すつもりではないらしく、表情は大真面目だ。

「今まで、八城はそういった感じの霊っていうのは視たことないと」

「うす。……あ」

本間の問いかけを、迷いなく肯定してから、一拍置いて八城は何かに思い当たったように声を漏らした。

「正確には……ちょっと似てるって思ったのは、視たことあります。けど、それは凶暴性が全く違う」

「例えば？」

「うらみ髪」

八城が簡潔に答える直前、芹がそうではないかと何故か脳裏に過《よぎ》った言葉が重なる。そう答えてから、また少し金髪の強面《こわもて》は迷いを浮かべた。

笑はその単語の意味が分からないこともあり、言葉のイメージからだろうか自分の顎《あご》の下にライトを当てて怖い顔を作っている。

「けど。うらみ髪は、色々とオレに付きまとってきましたけど、そんなにアクティブじゃなかったんすよ」

「高橋《たかはし》さんはノイローゼ気味になったけどね！」

「沙菜《さな》、7.2キロやせたって言ってたからね！」

「僕、そこまで詳しく数字聞いてないなあ！」

「男性に体重変動の詳しい数字なんて言えませんよ！」

恐怖に沈むのが嫌だったこともあり、本間と芹が半ば反射で声を跳ね上げた。その先輩二人の勢いにやはりほとんど脊髄《せきずい》反射で八城は頭を下げている。

「あ、いや、すんません。でも、日常でそういうの視るの慣れてるオレは、やっぱ耐性があるっていうか……けど、多少車でハンドル取られたり足引っ掛けられたりはしましたけど、感覚的には日常で嫌なヤツに目えつけられたなって感じ以上じゃない」

八城の述懐を聞いて、以前にも思ったことだが八城は確かに神経が太い。見てきた世界が違うという奴なのだろうか。もしかすると……父・真一郎《しんいちろう》もこんな風に異質だったのかもしれない。

ぼんやりとした芹の物思いは、すぐに八城の続く言葉で我に返った。

「けど、さっきオレのこと追いかけてきた影は違うんす。ガラガラ音を立てて鉄パイプ引きずりながら……オレのことを探し出して、即ブッコロって雰囲気。明らかにヤバい。オレ、あんな風に殺気みたいなのを真正面から向けられたのは初めてだ」

少し悔しそうに八城は自分の頭を掻《か》き毟《むし》る。ヘッドバンドで固定したライトの位置が歪《ゆが》んで、慌てて固定しなおした。

「あの影に触れられて、心臓とか今までにないくらいヒヤッと冷たくなったんで……アレ、怪談とかで、幽霊に祟《たた》られて次の日冷たくなってたとかいうの、きっとこういうことなんだって実感しました」

一片の冗談も誇張もない気配の八城の言い分に、芹は思わず身を震わせた。

無意識に、ポケットにしまい込んだスマホの画面を確認する。暗い中ではスマホの液晶の明るさはひどく際立ち、笑も本間もその動きに気づいたようだった。

電波は辛うじて、一本だけ立っている。

ただ残り電池残量が心もとない。

皇臥へともう一度かけ直そうか、どうしようかと悩んで、もう一度ポケットにしまい込んだ。皇臥がこちらに向かっているなら、間違いなく運転中だ。

「かけてあげればいいのにーぃ」

こそ、と笑ににやつきながら囁《ささや》かれ、思わずスマホを取り落しそうになった。

「いや、その、別に皇臥にってわけじゃ」

「そこは素直にかけてもらえると、僕たちも安心なんですけどー」

本間の後押しに一瞬心がぐらつく。

「あ」

指が電話のアイコンに触れそうになった瞬間、笑が妙な声を上げた。

芹へと向いていた笑の視線は、芹からそれて中空へと向けられている。そのいつも元気な表情がぽかんと口を開けていた。

「ね。あれ」

笑が、指を虚空に突きつける。

釣られるようにして、芹たちは笑の示す方向へと視線を巡らせた。

笑の指差す方向へと、目線を合わせようとして芹は少し屈《かが》んでそちらの方向を見上げる。

「なに？　何か見つけた？」

「見つけたっていうか……ほら、あそこ。灯《あか》り、ついてる」

笑の示す位置は思ったよりも高い。

どこを見ているのかとしばし悩み、少し遅れて声が漏れた。思ったよりも高い位置に、細く縦長に灯りが漏れている。真っ暗な中に、その細い光はひどく煌々《こうこう》として見えた。

「……一応、廃墟《はいきょ》ですよね？　電気通ってないはずですよねえ」

「あれ、多分だけど、『ファンシーランド』のお城の裏側じゃないかな。通気口、とかそういう風を入れたりする小窓。正面からは見えなかったけど」

「確かに、そうかも」

『さばまるファンシーランド』の外周を取り囲むフェンス沿いに出口がないかと歩いてきたのだ。芹は頭の中で本間に手渡された往年の遊園地マップを思い出す。

正面奥に鎮座していた巨大な建造物の裏手が見えるくらいに移動していたということだろう。

「当然電気なんて止まってるはずだから……まあ、何か持ち込んだ人がいるんだろうねえ、ポータブルの発電機か電源か」

「……」

足元をさすっていた八城が、やや物騒な視線でその光を眺めている。

「殴りこみにいきたいって顔、しないの」

「真咲くん、なんか大型犬みたい」

「がう」

打てば響くように犬の鳴きまねをしてみせる八城に、余裕も落ち着きも十分にあるらしいと安心する。

「あのやな感じの黒い人、あそこから見てるのかな」

「その可能性はあると思う。真っ暗な窓の外で、こんな懐中電灯の光がいくつも見えてたら、目立つしね」

「うわー。悪役っぽ」

色々と想像したのか、笑が少しだけ楽しそうに笑った。さすがに暗くなってからは表情が強張《こわば》りがちなので、その表情に芹も少しだけ安堵《あんど》する。

「でも、真咲くんが園外に出たのに邪魔とかしなかったね」

「うん。見てる可能性はあるけど、案外気付いてないのかも。こっちから細くしか光が見えてないってことは、向こうもこっちを細くしか見えないってことだし」

「よほど、窓？ の外を注意してないと気づかないのかもね。他の作業とかしてる可能性だってあるしさ。ありがたいけど」

芹と本間が重ねる言葉に笑はなるほどと頷《うなず》き、遠目に見える薄黄色い細い光を見上げる。

芹も隣に立って、同じように人の気配が見える高い場所を見遣《みや》った。

「……行ってみる？」

ちょいと何気なく芹はその光へと向けて指をさす。

「なんで！」

半ば反射的に、八城が声を跳ね上げた。

「こう言っちゃなんですけど、今の状況の張本人のところでしょ！」

「え。こういう状況だと、むしろ張本人のところにカチコミかけるのはセオリーじゃないの？」

「どんなセオリーっすか！」

「だって少なくともあの場所、明るいし。明るいところには、行きたくなるものでしょ、暗いのいやじゃない？」

「芹さん、それまさしく飛んで火に入る夏の虫ー」

師匠の嫁だからだろう、珍しく神経質になっている気のする八城に、芹は首を竦《すく》めた。笑の茶々がちょっとありがたく感じる。

「自分でもそれは自覚はするけど、第一に鷹雄さんが何が目的でわたしたちを閉じ込めたのかは、知りたくない？　行動があまりに唐突でしょ。それに八城くんだって、何があるかわからないのにフェンス乗り越えて怖い思いしたし、それを見習ってわたしも虎穴に入ってみようかなって」

「怖《こ》ぇ思いしたから止めてんすよ、全力で」

「あそこに一人でいるとしたら、茶飲み友達の一人も欲しくならないかなあ。ていうか、ただでこの遊園地から出すわけにはいかなくなったって、じゃあいつまでいればいいのって思うし。そのあたりをはっきりとさせてほしいということも要求しに行く。それまでどう過ごすのか考えなきゃなんないし。水食糧問題とやっぱりお風呂《ふろ》は入らないの2日が限度でしょ」

「オレは毎日汗流さないと匂いますけどね！」

「毎日走り込みとか筋トレしてるからねえ、八城は」

「芹さん、2日入らなくてもいいの？　まじで？」

「毎日銭湯に通えるような経済状態じゃなかったからね！」

論点がずれているのを自覚していても、つい笑の疑問には脊髄反射で正直に答えてしまう。どうにも脱線しがちな大学生と女子中学生たちの狭間《はざま》で、何となくまとめ役的な位置に納まっている本間が、窓をジッと見上げていた。

「本間さん？」

「先輩まで、乗り込もうなんて言わんでくださいよ」

「あ。いや、そういうわけじゃないんだけど……悪役、か」

そう言いながらも、まだ闇に沈んだ城の形を見出《みいだ》そうとするかのように本間は中空へと視線を向けている。

「何か？」

「ああ。いや。今更なんだけどさ……なんか、鷹雄先生、どこかで見たことがあるような気がしたんだ、急に。……なんだろ懐かしいというか、すごく嫌なイメージなんだけど、それが何でなのか思い出せない」

「著者の近影とか見てたんじゃないんですか？　それかSNSの画像とか？」

芹が何気なく問いかける。ペットの姿だったり似顔絵のことも多いが、一昔前までは小説に限らず著者の写真が掲載されることがあった。

「いや、それだったらさっき見た瞬間に気付いたと思う。少なくとも僕のチェックした本には、著者の写真は載ってなかったし。ていうか……むしろ何で今、そう思ったんだろ」

自分でも不可解な思考らしく、本間はひたすら首を捻《ね》じっている。

「ま、いいや。……あ、いいや、よくないかな」

廃墟研究会会長は己の頬を軽く張って、気持ちを切り替えるためにかぱちんと音を立てると、挙手をした。

「あ。ちなみに僕、芹さんの意見に賛成」

「本間先輩！」

八城の珍しく狼狽《ろうばい》したような怒声が、暗闇に響いた。

2

北御門皇臥は芹からの連絡が途切れた後、何度かスマホへと通話を試みていた。運転中なので、信号に引っ掛かった時のみだが。

が。何度かけても『電波が通じない場所』or『電源が切られている』という機械的なレスポンスにつながるのみだ。

「まあ、落ち着け俺。こういうことはよくある。珍しいことじゃない」

まるで念仏のように何度も同じ言葉を吐き散らかしているのを聞いているのは、ダッシュボード上のシナモン文鳥だけである。艶《つや》のある赤いくちばしで、羽の付け根あたりを繕いながら、小鳥の表情でもわかる渋面を作っている。

「はいはい、5回目5回目」

「やかましいぞ錦《にしき》」

かつかつかつと神経質に指で握ったハンドルを叩《たた》く仕草など、苛立《いらだ》ち以外の感情を見いだせない。八つ当たりをやり過ごすためにか、最新の式神はきゅっと首を羽毛に埋もれさせた。

「芹が主《あるじ》の着信履歴に気が付いたら間違いなく退《ひ》くぜ？」

今も運転しながら、ともすれば助手席に投げっぱなしのスマホに伸びそうな主人の手に気付き、シナモン文鳥はダッシュボードの定位置から飛び降りて、その手をつついて阻止する。

「家には通じるんだろ？　主」

「通じる。母さんは外出してるんだろう、伊周《これちか》が出た」

大抵の場合、北御門皇臥の護衛として傍についている白虎《びゃっこ》の式神・珠《たま》は北御門家の門番も兼ねている。だから、珠は家電に出ることはないだろう。

「めっちゃ無言だったがな！　おかげで一方的に用件を叫んで切るしかなかった」

「しょーがないだろー、伊周の声は電話で聞こえねーんだし」

「あいつ、作成時期が古すぎて声を電気信号に変換にさせられる調整がされてないからな。珠と律《りつ》はかろうじてアナログ電話なら通信可能だったんだが」

「オレとテンコは、新しいからちゃんと自動ドアのセンサーに反応するもんなー。たまに通行人がびくっとしてら」

北御門家の伝統ある十二の式神たちにも、時代ごとに様々なアップデートが必要であるらしい。

自分の車ではなく高倉家の車をそのまま借り出し、事後承諾で突っ走っている主を助手席から見上げるシナモン文鳥の式神は、そのままゆらりと姿を揺らがせて、赤い髪の少年姿となる。カーゴパンツにパーカー姿の活発そうな小学校高学年ほどの年齢の少年だ。

そして、そのままシートに腰を下ろすと尻《しり》に敷いてしまいそうな主人のスマホを拾い上げる。

「オレが見ててやっから、運転に集中してくれよな」

「…………」

主のスマホを手の中でくるくると回す式神の少年は、主人にながら運転をさせる気はないらしい。

助手席のシートを自分で心地いい角度に倒しつつ、錦は勝手に車の設備でスマホの充電をしている。頻繁にあちこちに通話を繰り返していては肝心な時に通話できなくなってしまうと判断したのだろう。

「護里も白ちびもいるんだから、芹なら大丈夫だって。あと、ついでに真咲も」

完全にくつろいだ様子でシートに深く身を埋《うず》めた錦が、横目に皇臥を窺《うかが》いながらそう口にした。

「護里がいるんだ、芹の身体的な危険の心配はしていない。が、異常事態の夜の遊園地になんか取り残されたら怖いに決まっている。俺だっていやだ、絶対に行きたくないガチ泣きするわ」

「……あー」

そう淡々と言いながらも、主がまだアクセルを踏み込もうとする様子を文鳥の姿を持つ少年は横目に見遣る。

「いやでも、小心な主と違って、芹は結構神経太いからな。今頃、根性入れるためにキャンプファイヤーの準備とかしててもオレは驚かねーけどな」

「胆力があるからって理由で、自分の伴侶《はんりょ》が不安がってる時にのんびりできるような旦那《だんな》でいたくないぞ、俺は。あとさりげなく当主をディスるのやめろ」

「なんで、そういう必死なところを芹に直接見せられねーかな」

「やかましいわ！　俺だって嫁の前では多少はカッコよくクール系キャラでいたい！」

「秒で限界突破じゃねーか諦《あきら》めろよ！」

普段ならゆったりとシートにもたれてハンドルを握っている主の姿が、まるで初心者のようにずっと前傾姿勢でいることに式神の少年は気づいているが、それを指摘するほどに野暮ではない。

高速道路の高い壁と中央分離帯がひたすら後ろへと流れていく光景が、しばし続く。その間、陰陽師《おんみょうじ》とその式神は無言だった。

錦が時折視線をやるスマホの充電率が、55パーセントから80パーセントに数字をあげても、メッセージアプリに芹の伝言が浮かび上がることはない。

が。

「あ」

不意にスマホが着信に振動し始め、錦の手の中で跳ねた。

「芹か！」

「在原美葉瑠」

ほとんど反射のようにして問いかけた主の言葉に、錦は平坦《へいたん》な声でディスプレイに浮き上がった名前を読み上げる。

ほとんど舌打ちせんばかりの主人の表情を見ながら錦はスマホを操作して耳に当てた。

「はい。北御門です」

『えっ？　あれっ？　北御門先生のスマホだよね？　ええっと……』

聞いたことのない声に、スマホの向こう側の声音は明らかに狼狽《うろた》えた様子である。

「在原美葉瑠って、あれだよな。葦追の時に何もしねーくせにクソうるさかった女」

錦は聞こえないようにスマホ集音部分を押さえて口元から遠ざけ、念のためにと確認する。

「確かにそうだが。もうちょっと手加減した表現にしろ。あの時もらったカイロは役に立ったし、芹ともいい付き合いをしてるようだ。悪い子じゃない、多分」

以前の事件で関わった際に、メッセージアプリのＩＤだけ交換した覚えがある。自分とは新年のあいさつ程度で連絡は取っていなかったが、芹とはそれなりに付き合いがあるようだとは聞いていた。

少し低めた皇臥の言葉に、多分かよと口の中で呟《つぶや》きながら再びスマホを戻した。古いタイプの式神はスマホでの通話に対応していないが、錦は最新の式神である。普段の声も姿も普通の人間にはめったに見えないが、電話越しには声が届く。

『えっと、えっと……』

「あ。北御門の家人だから、気にしねーでいいよ。美葉瑠さんだよな、主……北御門皇臥は、今車ぶっ飛ばしてる最中だから出れねー」

『え、ああ、そうなんだ。ていうか、よかった、芹っちたち迎えに来てくれてるんだよね？』

やや混乱していたかのようなスマホ越しの声は、錦の言葉に幾許《いくばく》か安心したようだった。

『えーっと、今くらいなら多分、高速乗ってる感じだよね？　こっちも高速乗っちゃうと、合流できないって思って途中で足止めてるんだけど……北御門さん、旧さばまるファンシーランドってわかります？』

「いや、全然」

だよな？　と錦は運転中の主人へと確認する。そして気づいたように、スマホをスピーカー状態になるようにと操作して、ダッシュボードの上へと置いた。

式神の気の利かせ方に皇臥は一度手を伸ばして、隣の赤い髪をポンと撫《な》でる。

「お久しぶりです、在原さん。ぶっちゃけ、大体の場所を口頭で伝えられただけだったんで、霊園から先の、芹たちが宿泊予定だったオリハルコンリゾートまでの大体のアクセスしかわかりません。そこから先の詳細は現地についてから検索するつもりでした」

『意外と考えなしな行動派！　ていうかごちそうさまっていうべき？　いや、そうじゃなくて……一応、誘導のためにどこかで待ちあわせようかと思ったんだけど、余計なお世話でした？』

「いや、それは普通に助かります。心強い。それではお言葉に甘えて、オリハルコンリゾート前で合流してもらえるとありがたいですね。あと、先の電話でそれなりの状況は聞いていますが、在原さんたちから何か付け足すようなことはなかったですか？」

いつもよりもスピードを出しがちなため、時折運転のほうに気を取られかけるが、受け答え自体は礼儀正しいのは最早《もはや》身についた習性というものだろう。

『特にそういうのは、アタシ、そういう方面に詳しくないからよくわかんないけど……あ。そうだ、変だなって思ったことはある、かも』

「何ですか？」

『えーとね。単なる偶然なのかもしれないんだけど、アタシたちが遊園地に入ってから、観覧車がごんごろ落ちてんの』

「……は？」

美葉瑠の言葉に、皇臥は間抜けな声を漏らす。その奇妙な声に気づいたのだろう、少し取り繕うように、彼女は言葉を添えた。

『あ、正確には、アタシが落ちてるのを見たっていうか音を聞いたのは、1回だけだけど……本間が近づいて詳しく見てきたらしくて、不思議がってたのよ。「まだ落ちるような劣化じゃないけどなあ」って、今思ったら怪奇現象のひとつだったんじゃないかって思ったんですけど』

少し早口に聞こえる美葉瑠からの情報は、あまりにもそうと断じるための材料がなさ過ぎて無言になってしまった。

少し気まずいような沈黙が、エンジンの唸《うな》るような音に満たされた車内に流れる。

『あっ、えっと、本間はホント、廃墟《はいきょ》探検の数をこなしてて、危ない場所には詳しいから……そんな風に言うのは珍しいって思ったんだけど……それに、まだ連続で落ちてるっぽいし。あ、また？』

釈明するように美葉瑠の声は細くなるが、不意にそれが途切れた。

「在原さん？」

『あ。すいませんー。アタシ、ザックに双眼鏡入れてたから、リゾートの駐車場からさばまるファンシーランド、見てたんです。そしたら、音は聞こえなかったけど、観覧車の影が傾くような感じで……多分、ゴンドラが落ちてバランスが崩れてるせいかな、その観覧車にぶら下がってるゴンドラ、なんかどんどん少なくなってるの』

気が利くのか利かないのかわからない在原美葉瑠の報告に、運転中の皇臥は眉間《みけん》に皺《しわ》をよせた。

スマホの向こうから、かすかに男の声で「はらへったー」と泣き言らしき声が聞こえる。

そういえばもうかなり陽が傾いていた。

緊急事態で遊園地に閉じ込められた契約嫁と内弟子を加えた4人組も腹を空《す》かせているかもしれない。ちなみに皇臥自身もだ。

「在原さん。そのリゾート内のホテルでもどこでもいいので、何か軽食を4人分テイクアウトできるように頼んでもらえますか。無理なら近くのコンビニか店で食べ物を調達してもらえるとありがたい」

『はーい。そういえばお腹空いたわ』

スマホの向こうの応対は微妙に暢気《のんき》だ。

今現在、芹たちがこの時ちょうど野外ステージで焼肉パーティを行っているとは当然だが知る由もない。

スマホが切れてから、また充電を始めた錦がいささか余裕のなさそうな主《あるじ》の背中を宥《なだ》めるように叩《たた》いた。

「……なあ、主。オレ、先行こうか？」

錦が車窓から代わりばえのない壁の光景が流れるのを見ながら、問いかけた。錦のもう一つの姿は、鳥だ。シナモン文鳥という愛玩《あいがん》用の姿であることが本人にとっては不満だが、れっきとした十二天将の一角を担う北御門家の式神だ。普通の小鳥と違い、かなり距離の離れた分家と本家を自在にメッセンジャーができる程度にはその翼は速く強い。整備された道沿いではなく、真っ直ぐに目的地に向かって空を一直線に飛べば、車よりも早く目的地に到着できるはずだ。

「お前が俺から離れたら、ストッパーがいなくなるうえに、ほとんど霊的視界が効かなくなる！」

「そうだよな、知ってた！　じゃあそれ以上アクセル踏むなよ主！　高速でも絶対に一線超えんぞ！　免許の点数これ以上減らしたらヤバいだろ！」

「ああ、そうだ。だから北御門に電話して伊周と珠を先に向かわせた」

無言の電話応対に、一方的に叫んだという用件はその指示だった。

優秀な護衛である十二天将たちは、自分よりも先に到着してくれるはずだ。

それを信じて、言いたい放題の兄と弟のような陰陽師と式神は高速道路を西へと突き進んだ。

3

メインストリート奥に鎮座したおとぎ話のお城というのは、遊園地というエンターティンメント施設のモチーフにおいては珍しいものではない。

すっかりと夜の中に沈んだ陰影も見えない闇の城。

側面の小さな窓からわずかに漏れていた光だけが、僅《わず》かにその存在を際立たせる。

「風、強くなってきたね芹さん」

セミツインに髪を結っていた笑が、風に吹き乱されるのが鬱陶《うっとう》しかったようで、動きやすさを意識してか後ろでみつあみに編んでいる。鏡もなく、手探りで編んでいるため、やや不格好だがノールックで編んでいるにしては上出来だ。

芹がその後頭部の乱れている部分を手で撫でつけるようにして整えながら、短く「そうだね」とだけ相槌《あいづち》を打つ。

ほとんど手入れされず枝を伸ばした街路樹や灌木《かんぼく》が、山からの吹き下ろしの風に波のような音を立てていた。不気味だが、芹はその音が好きだった。何とも言えない、非日常感がある──と幾分感慨深く思いかけて、ついうっかりと噴き出しかけてしまう。今現在が非日常以外の何物でもない。

「昼間に見たときは、荒れてたけどかわいい感じのお城だったよね。メルヘンというか……今はまさしく魔王のお城って感じだけど」

見えない城の形を見出《みいだ》そうとして目を凝らすと自然と眉間に皺が刻まれる。

「ねえねえ、本間のお兄さん、あのお城ってどうやって入るの？　廃墟でもこういう裏方っぽいところに入るのって、わくわくするよね」

「さすがにお城に入る方法はよく知らないなあ。ネットには情報がアップされてたかもしれないけど、今回はそこまで深く入るつもりじゃなかったし」

小さく唸りながら本間が自分のスマホを確認しようとしている。

「あー……もともとは、小さな汽車の乗り物で、園内を回ってからお城の中を巡る感じのアトラクションだったみたいだね。正式名はさばまるキャッスル」

「じゃあ、敷かれてる線路伝いに歩いていくと、お城の中には入れるんだ」

結局ネットは接続不良だったらしく、本間は自分のスマホをジャケットの内ポケットへとしまった。

「で」

魔王城にも似たお城を見上げようと自然と腰に手を当てて、ふんぞるような姿勢になってしまっている芹と、うっすらと兄妹感を醸し出し始めている先輩とお得意さんの孫娘。彼らを後方から眺めやる形になっていた八城真咲が、ただでさえ太い声にさらに不機嫌の低音を混じらせて唸る。

「なんで3人仲良く、突入する気になってるんすかね」

「いや、八城。仕方ないだろ」

普段から飄々《ひょうひょう》とした印象の本間はおいでおいでのような手の仕草で、八城を宥めようとした、ように見えた。

「外に出るのは危ないってわかってる。八城が身をもって証明してくれた。そうなると現在どう考えてもアドバンテージを握ってる相手に、交渉したいじゃないか。鷹雄先生だって、僕たちを死ぬまで閉じ込めておくつもりなんてないだろ、実際問題」

「わたしも、目的と北御門に対する敵愾心《てきがいしん》の理由が聞きたいですね」

そうそう、とばかりに城を見上げていた芹が本間へと何度もうなずく。

なぜ、鷹雄光弦は北御門に対してあんなにも過敏な反応をしたのか。なぜ、『ただで、ここから出すわけにはいかなくなった』のか。

「……ただじゃなきゃ、何か見返りとか必要なのかなあ。条件とか」

「オレとしては、反対っすけどね！」

厚底の丈夫そうなブーツの紐《ひも》をしっかりと締め直しながら八城は吐き捨てている。

「じゃあ待ってる？　園内は特に危険は見当たらないんだよね？　まあ遊具とかが落ちたりするかもしれないのは危ないけど。笑ちゃんに付き添ってくれると、正直ありがたいし安心だし」

「……っ」

芹が少しわざとらしく問いかけると、八城のブーツを検《あらた》める動きが一瞬停止した。厳《いか》つい顔が間違えてものすごく渋いものを口に含んでしまったかのような表情になり、唸り声が漏れる。

笑は置いていかれる可能性に「えっ、やだ」と、芹と八城の間で慌てたようにおろおろとしていたが、本間に軽くあやすように背中を叩かれて、口に出そうになった文句を呑《の》み込んだようだ。

恨みがましそうに八城が芹を見上げる。ブーツの紐を締め直していたため、今は芹よりかなり目線が低い。そうして拗《す》ねたような表情は年下っぽいなあ、などと芹は笑いそうになった。

「……そういうい方はずるいっすよ芹先輩。絶対、反対してもオレは付いてくってわかって言ってるっしょ」

「うん。ごめん。でも、半分は割と本気」

褪《あ》せたような金髪を大きな掌《てのひら》でがしがしと掻《か》き回しながら、八城は大きな溜息《ためいき》とともに言葉を絞り出した。それに対して、芹は小さく舌を出しつつも、頭を下げた。その仕草にさらに八城の呻《うめ》きは大きくなる。

「八城くんが視えてるもの、わたしにはわからないから。無理強いはしたくないんだよね」

「大丈夫！　今のところ敷地の半分くらいしか目を通してねえけど、施設内は大丈夫！　問題は外！　でもあの中のラスボスはオレにとっても人外同然なんで！　霊関係より遥《はる》かに未知なんで！」

奇妙に力強く保証しながらも、夜に沈む城の形を見上げる。

「わたしたち、皇臥しか知らないもんねえ。陰陽師《おんみょうじ》って仕事したくないでござるーとばかりに霊障関係の仕事を渋る皇臥を陰陽師のスタンダードとして見てきただけに、鷹雄光弦は格が違うということは芹にもわかる。そして恐らくはその差を直弟子である八城真咲はもっと肌で生々しく感じ取っているに違いない。それこそ、芹にはわからないレベルでだ。

ずっと口出しすることなく芹の右手に絡まったままの白蛇も微妙にぴりついており、時折笑に付けさせたカバンから顔を出す黒亀と、何事かを囁《ささや》き合っているようだ。

笑の気を引いていた本間が、八城へと静かに言葉をかけた。

「お前が往生際悪いから、芹さんもそう言うしかないんだよ、八城。僕は、この場の状況をお前の半分もわかっていないけど……年少組のお前が、一人で責任感じる必要はないぞ、この場の責任者は僕だ。何かあったら、叱責《しっせき》も保証も停学も土下座も、僕が請け負うし責任を負うつもりだ」

「本間先輩、オレが年少組って、さすがに無理ないっすか？」

「この場で酒飲めない組だろ」

本間よりもかなり身長も体重もある八城の指摘を、本間は軽やかに笑い飛ばした。

「いっしょいっしょ」

笑も楽しげに自分を指して笑っている。女同士という気安さと頼り甲斐《がい》で自然と芹にくっついていたがる傾向にある笑だが、ほんのりと憧《あこが》れを抱いている八城と些細《ささい》なことでも共通点があるのは嬉《うれ》しいらしい。

「言葉のコミュニケーションが通じるといいっすねえ鷹雄先生！」

毒づきながら立ち上がると、気合を入れるように八城は己の頬を両手で張った。パン、と小気味いい音が響く。

「でもー。あの黒い人が消えたのって、真咲くんが実力行使を仄《ほの》めかしたからじゃなかったっけ？」

　鷹雄光弦と芹たちとのやりとりを見ていた笑が、かくりと首を傾げた。

「そーだっけ？」

「そだよ。だから、多分体力ないんだなーなんて思ったし。咳《せ》き込んだりもしてたから」

　笑の指摘に何度か小さく咳き込む音がしていたのを、芹も思い出す。

「そういや車ん中のゴミ袋、コンビニ飯の残骸《ざんがい》ばっかでしたっけ」

「あ。うまく侵入できなかったら、残った焼肉、お城の前で焼いてみようよ芹さん」

「ひでえ天岩戸《あまのいわと》だ。むしろオレとしては出てこないように出入り口をガムテで目張りでも
したい気分なんすけど」

「いや、反感は否定しないけど一応事情は聞こうよ八城。一番理不尽に怒っていいのは芹
さんなんだし」

「え、怒っていいのは『何巻き込んでくれてんだ』って方向で本間先輩と笑ちゃんで
は？」

　軽口を叩《たた》き合いながら、同行する気満々らしい廃墟《はいきょ》研究会の男性陣と笑に思わず苦笑し

てしまう。慣れない廃墟で一人きりで行動というのはやはり心細いので誰かが一緒というのは願ったり叶《かな》ったりなのだが、やはり少々申し訳ない。

こんな時だが、一人でなくてよかったとしみじみと噛《か》み締め……いや、もともと一人ならこんな場所に来る可能性は皆無だな、と一人で己の物思いに冷水をかけた。

「……ごめんね、芹さん」

ふと、小さな小さな謝罪が芹の傍らから聞こえ、視線を巡らせれば少し身を縮めているようにも見える笑と目が合った。自分の考えていたことが顔に出ていたかもしれない。

「いこっか。手、繋《つな》いでてね」

笑に軍手に包まれた左手を差し出し、彼女の右手としっかりと繋ぐ。お互いの握力に何となく安心した。

「鷹雄先生が中にいるってことは、そうそう踏み抜いたりするような腐り方はしてないってことだと思う。けど、念のため僕が先に立つから八城は最後尾から芹さんと笑ちゃんを気遣ってあげてくれ」

「了解っす」

本間が慣れた様子で八城に指示を出している。そしていつもと変わりない飄々とした調子で芹を振り返り、笑顔で手を振った。

「じゃ、行こうか。悪い魔法使いのお城に」

本間はスルー前提のつもりの冗談だったのだろうけれど、つい噴き出してしまう。

本来なら心を押しつぶしてしまいそうな不安が、変に笑いのツボを敏感にしているのかもしれない。そういえば親友の愛由花《あゆか》は、真面目にやらなければいけないというプレッシャーが大きければ大きいほど変にあちこちくすぐったくなって笑ってしまうという悪癖に頭を抱えていた気がする。自分もそれにちょっと近い精神状態なのかもしれない。

「あ、足元注意して。できるだけ照らすようにするけど、舗装されてる場所がかなり罅割《ひび》れて雑草が生えてるでしょ。浮き上がってつまずきやすいよ。あと遊具の線路とか先人の忘れ物とか転がってたりするのも見えにくいからね」

「はーい」

廃墟初心者の芹と笑は素直に本間の言葉に応《こた》える。

「そういえば、本間先輩は夜の廃墟とかの経験あるんですか？」

「いやいや、そんな怖くて無謀なことはしないよ」

慣れたように先を歩き出す背中が小さく笑いに揺れた。

「でも、今回みたいに泊りがけで行くこともあるからね。キャンプ地での肝試しは定番でしょ？」

そういえば葦追でも夏にキャンプに行った際に霊的地雷を踏み抜いていた。夜中の行動は珍しくないことなのかもしれない。

本来は小さな汽車の走るルートを守るように立ててあったのだろう小さな柵《さく》は、ほとんど倒れてしまっていた。線路を模した細い道が、暗い中に走っているのが懐中電灯の光の中でぼんやりと浮かぶ。草の影が歪《いびつ》な落書きのように、地面にうねっては掻き乱されて揺れていた。

「いいなー、キャンプかー……あ。ちがうよ、芹さん。今のは参加したいってことじゃなくて、校外学習のキャンプが楽しかったなって思い出したからだから！　あたし、キャンプは何回か行ったことあるし！」

「よろしい」

羨《うらや》ましそうな笑の言葉につい芹は横目でじっとりと見てしまい、それに気づいたらしい笑が慌てたように訂正してきた。

「でも逆にわたしはキャンプって経験ないんだよね、実は。学校行事でも、上手に外れる感じで転校しちゃってたから」

「芹さんさえよければ、次の機会に誘うけどね。あ、その場合は北御門さん同伴で」

「いえ、結構です」

本間の背中にきっぱりと拒否しておく。背中だけしか見えないが落胆の雰囲気が滲《し》みだしている。

「うち、女子でそういうの参加してくる子少ないんで、本間先輩は隙あらば沙菜先輩と仲のいい子を誘おうとしてるんすよ」

後ろから笑みの滲《にじ》む声音で八城がチクってきた。遊園地の内側に向かって進んでいるせいだろうか、彼からぴりつくような雰囲気は薄らいでいる。そう思うとやはり責任を感じていたのだろうと申し訳なく思えた。

「沙菜はきっと親しい女子がいないと、そういうの参加しないだろうしね」

「へたれの恋愛って面倒くさいんだね」

「こら、笑ちゃん。そう言われて不貞腐《ふてくさ》れない本間先輩は結構懐の大きい人だと思うよ？」

懐中電灯の楕円《だえん》形の光に浮かび上がる背中が一回り小さくならないうちに、芹はフォローを挟んでおく。背の高い雑草の狭間《はざま》で羽を休めていたらしい灰色の小さな蝶《ちょう》が急な光に驚いたようで、ひらりと視界を横切った。

「いや、自分でヘタレって自覚してるだけだから大丈夫！」

「自覚してんなら、アプローチ失敗した時にあからさまにへこむのやめてくださいよ。夏の時に、同じ車に乗れなかったからってめっちゃどんよりしてたじゃないっすか。こっちは後輩として気ぃ遣うんすから！」

「ごめんなさい！　それはすごくごめんなさい！」

芹と笑を挟んでの頭の上越しの会話に、女子二人は笑いを噛み殺す。

「車二台かーその時は結構大所帯だったんだね。八城くんの車大きいのに」

「オレの車、7人乗りですけど乗車人数いっぱいだとさすがにキツイすからね。荷物も運びますし。ま、去年の夏は8人参加だったから、オレの車だけじゃ元から無理でした」

で、今回は本間と八城、在原美葉瑠に二階侑吾というメンツに本来なら高橋沙菜がくわっていたのかと納得した。

……ん？

何か違和感を覚えて、芹は密《ひそ》かに首を傾げた。

その理由が、自分でもすぐには思い当たらない。

「そういやオレはもともと買うなら便利なでかい車って思って金貯めてましたけど、オレがサークル入る以前はどうやって移動してたんすか？」

ざくざくと雑草や細かい瓦礫《がれき》を踏み鳴らす音しか聞こえなくなると、気持ちが不安にしぼんでいく気がするのは男女変わらないのだろうか。ふといわゆる一般に『天使が通り過ぎた』間を塞《ふさ》ごうとするように、八城は会話をつなげてくる。

「ああ。それは僕とか先生が車出したり……僕はたまにならうちの店の車借りれるから」

さばまるキャッスルの真下、レールが入っていく半円形の扉を見つけてそれを覗《のぞ》き込んでいた本間はそちらに気を取られていたらしく、半ば気もそぞろに答えてくる。

「ああ、お家が古物商でしたもんね。うちに花嫁衣裳《いしょう》運んできたことありましたっけ」

「あれはホントにごめん！」

そんなつもりではなかったが、嫌みに聞こえてしまったかもしれない。花嫁衣裳の一騒動について依頼主として成り行きを聞いていた本間からは、苦笑交じりの謝罪が聞こえてきた。そのまま城へと入るトンネルのようになった通路を懐中電灯で照らしながら、振り返る。

「まあ当然だけど城の中の決まったスペースを乗り物が走れるように造られてるから、ぐねぐね曲がりくねっていて視界が悪いよ。線路も外れてる部分があるし、気を付けて」

「はーい」

あまり日光が当たらないからだろう、雑草はほとんど生えていないが、そのせいで空気が淀《よど》んで少し黴臭《かびくさ》い。

「トンネル探検。あ、ホントに出口が見えない、曲がっちゃってる」

「多分だけど、中でエリアごとに扉とか門で仕切られてるんだよね、それで余計に先が見えないんだよ。……さすがに造りに詳しくないから、どこから鷹雄先生のいる場所に上がるのか、わからないね」

「光が見えたの、結構高い場所でしたよね。整備用の扉の奥とか非常用通路とかに階段があるんだろうなあ」

芹はあまり遊園地などの遊興施設には詳しくない。だからだろうか、こんな時なのに少しだけわくわくとした気持ちが頭をもたげるのは不思議だった。線路伝いに城のトンネルに踏み込んだ笑も、繋いでいた手の力が少し緩む。

笑はきょろきょろと周囲を見回しながら首を傾げていた。

「笑ちゃん、どうかした？」

「……あ」

呼びかけて見ると少しびっくりした顔で芹を見上げてきた。

「ううん。なんかね、変な感じ。笑わないでね？……ちょっと安心したの」

「安心？」

芹と手を繋いだまま、笑は少し照れ笑いを浮かべる。

「このお城に入ったら、外にいるよりずっと寒くないっていうか……あ、寒いは違うや。

ずーっとじめじめ雨に当たってたみたいな嫌な感じがしてたけど、やっとどこかの屋根の下に入れた感じっていうか」

うまく説明できない感覚を、笑が一生懸命にわかりやすいように伝えようとしてくれるのが芹には微笑ましい。だが彼女の言葉だけでなく、自身もこの城に入ってから、少し不安が晴れるように冒険気分が湧き上がったのだ。もしかして関係があるかもしれないと思えて、何気なく後ろにいるはずの八城を振り返る。

厳《いか》つい後輩は芹の視線に気づくと、小さく頷《うなず》き返した。

「遊園地全体が、神社みたいに清められてるって言ったっしょ？　多分この城が本殿的な感じなんですよ。より強く何かに守護されてるっつーか」

「……あーそれは、すごいね」

八城の説明に納得できる気がして、肩から力が抜けた。

「フェンス越しに嫌なモノがうようよしてますからね。はっきりと意識してなくても気色悪いって感じてたんでしょ、外が見えなくなって安全地帯に入れてさらに安心できたって感じですかね」

「確かに、暗いし黴臭いけど嫌な感じはしないかも」

さすがに家に帰った安心感というものではないが、それでも押し寄せる不安感は薄れている。もともと夜の遊園地などという異常事態なのだから、もっと恐怖心があってもいいはずなのに。

「あの黒い人のおかげというべき？」

「おーい。頼むからはぐれようとしないでくれよ！」

笑が複雑そうに呟《つぶや》く言葉に被《かぶ》せるように本間が声を上げた。少し先で焦ったように振り返り、手を上げている。あと少しで、曲がりくねった通路の先で隠れ、姿を見失ってしまいそうだ。

「すいませーん！」

芹と笑が慌てて追いつこうと駆けだす。その背中を見守るように、八城も早歩きで歩もうとして――

「！」

ここは、清められた場所のはずだ。なのに。

彼の鋭い感覚の中、笑の首に正面から抱き着くように白い腕が絡むのが視えた。

一瞬八城はひやっと心臓を冷たい手でつかまれたような気がする。

腕だけだ。

ほっそりとして柔らかな繊手。

女の腕が高倉笑の首に、絡みついていた。

「遅いぞ、八城。お前が遅れてどうする」

いささか文句のように言いながら、本間は色の剝《は》げた人形の群れの中に佇《たたず》んでいた。城の中、在りし日にはおそらくはアトラクションに使われていたのだろう。直接日が当たらないせいか、まだまだ人形に塗られた色合いは鮮やかなところも多い。姫や王子ではなく、鳥や猫を擬人化したものが多い。

倒れたり落書きされたりと壊れているものもあり、中途半端に倒れたボウリングのピンを連想させる。

笑がところどころ塗料の剝げた人形を指さして、その足元の乗り物用のレールとは違う複雑なレールを指した。

「トレインに乗ってきたら、踊り狂って歓迎してくれるんだね」

「へー。元気な時を見たかったなあ。おばさんの家がわりと近いけどこんなところに遊園地があったなんて知らなかったもん」

「二人とも微妙に表現が擬人化してて怖いよ」

伯母《おば》の家にいた頃、芹は中学生だったが噂も聞かなかったということはすでに閉園していたのだろう。

本間のツッコミを聞き流しながら、ふと、芹は影のように墓地に佇む鷹雄光弦の黒い姿を思い出した。

「……何度もお父さんのお墓参りに来てくれてたから、ここのこと知ってたのかな」

父の知人ではあるが、北御門家に敵愾心《てきがいしん》を持たれているのは正直面白くない。そういえばいつだっただろうか、花嫁衣裳の事件の後に多少問いつめた時、北御門家に恨みを持っている心当たりなどいくらでもあると皇臥が冗談交じりに口にしていた気がする。彼はそういう人の一人なのだろうか。

「こっちこっち。直で鷹雄さんのところまで行けるかはわからないけど、推定整備用の入り口見つけたよ」

先行していた本間が倒れた人形たちを踏み越えて、一段高くなった人形たちの舞台へと上がり込んでいる。よく見れば、あちこち欠けたり割れたりした装飾に紛れるようにして、奥に扉が設《しつら》えられていた。もっとも、他の侵入者たちも見つけて探検しに来たのだろう、半ば外れかけている。

もとは緊急時の非常口も兼ねていたのだろう、上部には壊れた非常灯がスプレー缶でペイントされ汚れていた。

「おじゃましまーす」

律義に声をかけながら、本間は外れかけたドアを開ける。

「返事が返ってきたらそれはそれで怖いかも」

「邪魔するなって言われても、どうぞって許されても怖いね」

扉を開けると中からびっくりしたらしい小虫がふわっと宙を舞い、懐中電灯の光を横切った。

女子勢の軽口を他所《よそ》に、本間は慎重に中を照らす。どうなっているのか彼自身にも予想はつかないのだろう。

中でまず目についたのは青いビニールシートが散乱している様子だった。それに、予備の人形や整備用の工具がくるまれていたのかもしれない、小部屋になった隅に様々な人形が散乱している。

埃《ほこり》とゴムが焦げた時に似た匂いがつんと鼻を突いた。ボヤでも出しかけたのだろうか。さばまるキャッスルのバックヤードとでもいうべき場所は、深い海の底のように静まり返っている。

四条《よすじ》の懐中電灯の光が周囲を嘗《な》め回すと、奥にさらに扉が見えた。

「意外と天井低いね」

「こういう遊具施設って火に弱いわりに可燃物とか結構置くからね。整備用のペンキとか。だから一気に燃え広がったりしないように階層区切って防火扉とか細かく置いてることが多い……かもしれない」

途中で少し自信がなくなったのか、本間は首を傾げている。扉の奥は階段だけが上に延びた狭い部屋だった。

「ホテルの非常階段みたい。エレベーター待つのが面倒な時に使ったことがあるの」

「中学生は元気だなあ」

「あー確かにホテルの裏方とか、そんな感じっすね」

一番最後に後ろから中を覗き込んだ八城が少し感心したように声を上げる。

「お城の塔の部分かな」

三本ほどたっていた気がする城の尖塔《せんとう》を思い浮かべて、芹は誰ともなしに呟いた。昼間はあまり気にしていなかったので、城の形状の記憶があやふやなのが悔やまれる。

「塔とは限らないけど、階段は上のほうまで続いてるね。乗り物がお城の中を巡るから、あちこち変な場所が張り出したみたいになっていて複雑だけど」

金属製の階段は錆止《さびど》めがあちこち剝《は》がれ、茶色く腐食している部分も多い。本間が造りを確認しながら、階段の老朽化具合を試すために二三段ほど足をかけた。体を揺さぶるようにして、確かめている。嫌な金属音が響いた気がして、眉《まゆ》に皺《しわ》を刻んだ。

「普段なら行こうって絶対に言わない。しかもこの人数で」

真面目な表情で本間は意見するように片手を上げた。

「廃墟《はいきょ》歩きベテランの先輩に反対する気はないです。そうなると、別ルートがあるのかな。鷹雄さん、この遊園地にだって正門から入ってないし」

「かもね。城の二階とか三階とかのルートからだってバックヤードには入れるはずだろうし。裏方じゃなくてアトラクションのレールを少し歩いてみようか」

「引き返して」というように手でバックを促す本間の仕草に応じて、芹は笑の背負うボディバッグに軽く手を置くようにして、引き返そうとする。笑の背中に取り付けた小さなカバンから顔を出していた黒い亀と、芹の右手に絡まっていた白蛇が、その拍子に近づき、何事か囁《ささや》き合ったようだ。

双子たちのアイコンタクトには気づいていたが、さすがに芹もその意味を読み取るまでは練れていない。

問いただすにも、玄武の双子たちの名前を声に出していいのかと一瞬迷った。

その瞬間、ぽたっと笑のカバンに取り付いていた護里が剝げたコンクリートの床に落ち、ゴッッと奇妙な音が響く。

「……まっ」

おそらく甲羅から落ちたのだろう、不意に妙な音がしたのには本間も笑も気付いたらしく、きょろきょろと周囲を見回している。

半分反射的に上げた芹の呼びかけに答えるように起き上がった黒くて小さな亀は、その時には振袖《ふりそで》姿の幼女へと変化《へんげ》していた。

「せりさま、こっち」

いつもにこにことしている護里にしては、少しだけ仏頂面に近い表情で懐中電灯の光の輪の中に立ち小さな指先で出口を指さしている。

「ここなら、まもりじゃなくても、えみはへいき、です」

黒亀には笑の護衛をお願いしていたが、先手を打つように護里ははっきりと主張する。

小さな手で、こっちこっちと芹を手招きしている。

暗い建物の中、小さなライトの中に浮かび上がった振袖姿は少々不気味でもあったが、小さな式神への信頼は損なわれたことがない。八城の見立てでも安全ということだったし、護里がそう言うのなら……と小さく頷き返して追いかけることにした。

護里の姿が視えている八城が今度は先頭に立つようにして、さばまるキャッスルの正規のアトラクション用ルートへ戻っていく。扉は護里が開けると本間や笑を驚かせるので、八城が率先して開けた。

先ほど本間が見つけた整備用の扉から出ると、護里は少し先へと小走りになって、くるりと芹たちを待つように足を止めて振り返った。

その先は、さらに城の深い場所へ続いているようだ。丘を登るような装飾が周囲に残されていた。レールが大きく曲がって見えなくなり、その先は急な上り坂になっている。

「本間先輩、オレが先に行っていいっすか？」

「え、ああ。わかった、じゃあチェンジな」

変な場所を踏み抜かないようにと先を歩きがちな本間は、八城の申し出に何かを感じ取ったらしく、少し考えこんでから許可を出し、笑の後ろに回った。

「せりさま、まもりはたかお、きらいです」

無邪気で人当たりよく、北御門家の誰にも——それこそ分家の北御門武人《たけひと》や元門下の夕木薙子《ゆうきなぎこ》にさえ積極的に甘えたがる護里にしては珍しいようなマイナス感情の宣言だった。

「たかおも、たぶん、まもりたちのこと、きらい」

その言葉の理由を詳しく聞こうとして、芹は口籠《くちごも》る。ここで護里に唐突に話しかけたら、本間も笑も不審がるだろう。誤魔化す方法もない。一応本間は北御門家のことをよく知っているし、事情を話して、護里たちの存在を明かしてもいいのかもしれないが……。

八城が先に立つようにして、護里の許《もと》まで歩きつくと、また護里は先へと小走りに移動する。

道案内にちがいない。

護里は、別の陰陽道の術に対して敏感だ。彼女なりの感覚で、芹たちを案内してくれているのだろう。懐中電灯の光の範囲をギリギリ外れることなく、小さな姿は先を歩く。

「ほんとは、まもり、すごくすごく、いやです」

小走りの後姿から垣間《かいま》見える頬が、焼き立ての餅《もち》のようにぷっくりと膨らんでいる。護里なりの不満の表現だ。

彼女の主張に反する行動には申し訳ないし、出来れば無理強いはしたくないが……。

芹は考えこんでから、ポケットにしまい込んでいた携帯端末を取り出した。スマホはあまり頻繁に見ていると、肝心な時に電池切れになってしまいそうで今まで自重していた。

慰めになるか、宥《なだ》めになるのかわからないが、芹のために積極的に動いてくれている式神のために、少しくらいはいいだろう。

スマホをアクティブにすると暗闇に慣れていた目に画面から痛いほどの眩《まぶ》しい刺激が刺さる。メール画面をフリックして、短い一文を打ち込み、護里に見えるように掲げた。

「?」

先を歩く護里が首を傾げている。

護里は、字が読めない。

それに気づいて芹は頭を抱えそうになった。

「こまつなフルコース」

読み上げたのは、芹の右手首だ。正確にはそこに絡む白い蛇――祈里は、簡単な文字なら読むことができる。

「わ、わいろには、まもりは……ちょっとしかくっしません！　でも、うちでのおゆうしょく、たのしみにするのに、やぶさかではない、です」

半分笑顔、半分憤慨という珍しい表情でじたばた手を動かして主張している護里に「屈するんだ」といつもの調子で応《こた》えようとして、寸前で自重した。けれど、小さく噴き出してしまうのには耐えられない。傍らの笑が急に笑いそうになる芹を見て不思議そうにしており、前を歩く八城の背中が小さく揺れている。

そういえば――祈里も、出逢《であ》ったころは同じように字が読めなった。

祈里が読めるようになったのは親戚《しんせき》に引き取られた芹が小学生になる前に、一生懸命に簡単な字を勉強していたからだ。『誰にも見えないトモダチ』と一緒に、与えられた絵本の文字を指さし確認しながら、両親がいなくなった淋《さび》しさを紛らわせた。

忘れかけていた記憶がまた一つ、芹の奥底から引き出される。

「……せりさま」

今度芹に語り掛けてきたのは、その右手の友人であり、妹分である白い蛇だ。

話があるのだろうかとしばし耳を澄ませたが、祈里は何を語る様子ではない、じっと絡みついたまま芹を見つめて、それから通じないことを嘆くように天井を仰ぎ、するりと定位置から芹の背負ったリュックへと滑るように移動し、その外ポケットに頭突きをしている。

自身の察しの悪さを申し訳なく思いながら、そこに入れたものは何だったかと思い出そうとする。そこにすぐに取り出せたほうが便利なもの——まだ新しい財布だ。

日常的に使うカードと札入れが一緒になり、ポケット状のコイン入れがくっついている。二月の初めの旧正月に北御門家の風習ということで、家人全員が財布を新しく取り換えたのだが、正直芹は古い財布はまだ使えるので勿体《もったい》ない。

……財布？

「あ、ごめんなさい。ちょっと止まって」

八城たちに声をかけると、その場で足を止めて、懐中電灯を当てながら財布を取り出す。

これ？　とばかりに白蛇を窺《うかが》うが、無表情の蛇の顔からは真意を読み取れない。

「まもりちゃんががんばるので、いのりも、むし、しないことにしました」

無視？　何を？

芹の察しの悪さに焦《じ》れたのか、白蛇はかぷりと小さな牙《きば》で財布に嚙《か》みついた。嚙みついて二つ折りの財布を抉《こ》じ開ける。小銭入れは別ポケットなので硬貨が地面に散らばることはなかったが、べろんと二つ折りの札入れが開く。

そこに一枚、見慣れない白い紙片の角が見えた。

「あ」

それが何か芹はすぐに思い出す。

名刺だ。

父の墓参りの際に一緒にいた祈里は、芹が鷹雄光弦から名刺を手渡されているのを見ていた。白い台紙に印字されているのは、シンプルな文字列に浮かぶ素っ気ないような名前と、フリーメールのアドレス。そして携帯の電話番号のみだ。

それを手に取ると祈里はまた手首の定位置に戻っていく。

「……よく覚えてたね」

祈里へとついそう声をかけてしまったが、誰もそれについて追及はしなかった。自分への独り言だと思われたのかもしれない。

「名刺？」

ライトで照らしながら笑が覗《のぞ》きこんできて、文字を読み取ると少し渋い顔になった。

「たぶん、そとの主《あるじ》さまにはダメです。でも」

何度スマホで電話をかけても、皇臥にはつながらなかった。頼りなく、電波が一本だけ立っているスマホを思い出す。

「……遊園地の中同士でなら、通じる？」

確認するように手首の白蛇に問いかけると、その首の角度が微妙に傾く。

確信があるわけではないらしい。

それでも直で顔を合わせなくとも、鷹雄光弦と話ができるかもしれないと思えば少し気が軽くなった。即行で切られる可能性があるとしてもだ。

護里は、少し先で蛾か何かを見つけたらしくそれを追いかけている。

「スマホ四機で順繰りにかけたら、根負けしないかな」

「普通なら、着拒するか電源落とすと思う」

スマホ四機は芹自身のスマホに加えて、八城と本間と笑のものであるが、何となく察した笑に正論を言われて肩を落とした。

不意に振動音が聞こえて視線を巡らせれば、どうやら八城のスマホだったらしい。芹の呟《つぶや》きを拾い上げていた本間が、後ろで後輩のスマホに掛けてみたらしい。

「あ。ホントだ、遊園地内同士ならつながるんだね。万が一はぐれても安心だ」

そんなやりとりの間に、芹は鷹雄光弦からもらった名刺の携帯番号を自分のスマホに登録する。

そのついでに、何気なく通話をフリックしてみた。

本当に何気なく。ダメもとで。つい指が滑ったくらいの気持ちである。

すぐに切られれば、了承を得てはいないが他に3人分のスマホもあるし、護里が陰陽道の術を追う自信がありそうだ。

「あ」

不意に、笑が上り坂になっている通路の先を振り仰いだ。視線が斜め上を向く。

どうしたの、と問いかけるよりも前に。

スマホの画面が呼び出し状態から通話状態になっていた。

「あ」

芹の口からも同じような少し間抜けな音色が零《こぼ》れる。

まさか、スマホに出るとは思わなかったので若干狼狽《うろた》えてしまう。

鷹雄光弦——通話中　明るいディスプレイにそう画面が浮かんでいた。この向こうに、あの黒ずくめの男がいるのだ。

『…………』

向こう側の様子が聞き取れないかと耳を澄ませてみたが、頬に当てたスマホからは、沈黙だけが届く。互いの微妙な困惑の空気がスマホ越しに伝わっているのかもしれない。耐えきれずに、芹から言葉を絞り出した。

「……えーと、鷹雄さん。スマホの知らない着信を不用意に受けちゃダメって、言われたりしたことないです？」

自分なら出ない。夜中に、知らない番号からかかってきた通話など。

留守電に用件が録音されていればそれを確認して折り返すこともあるかもしれないが。

『野崎《のざき》芹、お前がかけてきたのを見ていただけだ』

スマホ越しにでもわかる、苦り切ったようなかすれた声だった。若干聞き取りづらいし、声に張りがない。

「寝てたんですか？　声が元気ないですけれど」

『寝られるか！』

一応心配して聞いてみたのだが、かなり強い語調で否定された上に、咳《せ》き込むような音がその言葉に被《かぶ》さった。

気付けば、八城も本間も笑も、芹と鷹雄のやり取りを聞き取ろうと全員耳を寄せてきている。若干うっとうしい。

「かけてきてたのを見てたって……あー、鷹雄さんも式神がいるんでしたっけ」

八城や玄武の双子がずっとその存在を感じていたという。見ていたということは、近い場所にいるのかもしれない。何気なく周囲を見回すも、芹には見当たらなかった。

強い否定の声が、思いがけず喉《のど》に負担をかけたのか、スマホ越しからはしばし咳き込む音が続いている。

「大丈夫、ですか？」

そんな義理はないのについ気遣う言葉が漏れてしまうような、胸の奥底からの強い咳《せき》の音だった。

『……問題、ない』

「でもマジで具合悪そうなんですけど……」

『うる、さい』

ほんの短い言葉の間にも咳の音が挟まる。しかし通話は切られなかった。

「ひとつ確認させてもらいたいんですけど。わたしたちいつまでここにいればいいんですか？　正門閉めましたよね？　その時にはちょっとパニックになりましたけど、力ずくで出ていくより一応、閉じ込めた理由とか予定期間を聞いたほうがいいと思いまして」

まあ、力ずくで出ていくのが難しいのを理解したせいでもあるのだが。そのことは口に出さず、芹はしばしスマホへと耳を澄ませる。

スマホの向こうから、かすかに咳交じりに忍び笑うような音が聞こえた。

『……今夜一晩』

「はい？」

ざらついて籠《こも》った声が短く告げる。

思ったよりもあっさりとした答えに、芹が八城と視線を合わせて唖然《あぜん》とするほどだ。

『もう少し腰を据えて粘るつもりだったが……お前たちが二つも落とした。今夜……精々それくらいで決着がつくだろうよ……』

「決着？　何の？」

聞き取りにくい声がまるで独り言のように流れる。意味を問う芹の言葉など、どこ吹く風のようだ。

『野崎芹……いつ、北御門に入った』

質問に質問で返すなと文句のひとつも言いたいところだったが、あまり生気の感じられない掠《かす》れがちの言葉は、疑問形というよりも苦々しい繰り言のように聞こえて、芹のほうが何かフォローしなければという気になってしまう。

「ええと……去年の秋ですけど……」

スマホの向こうから、かすかに咳き込む音と「秋」と噛み締めるような声が聞こえた。

『——……北御門皇臥は、相変わらず、卑怯者《ひきょう》、だ……』

「一応でも旦那《だんな》なので、バカにしたら怒りますよ。わたしは好き勝手言いますけど。ていうか、決着って何ですか、今夜一晩って何をもって……!」

芹自身が自覚するくらい、声のトーンが跳ね上がった。

北御門皇臥は、ぼんくらだ。

多分本人もその呼称をよしとするほどに、陰陽師としては能力が低いのだろう。けれど、少なくとも卑怯者ではない。

彼なりに頑張っている。

苦手な呪詛《じゅそ》や霊障系の依頼にも、及び腰ではありつつも最近では逃げることはない。精一杯、北御門流陰陽道の宗家を支えているのだ。

卑怯者——その言葉だけは、間近で見てきた芹は力いっぱい否定したい。

ヘタレとか、無能ならまあ許す。腹は立つけれど事実だ。

ふと視線を護里へと向けると、暗い通路の中でじっと佇《たたず》み斜め上を見上げている。彼女の視線の先には何かがあるのだろう。

『ゴホッ』

芹の耳元に、大きな咳の音が弾《はじ》けた。

まるで、その音を聞き取ったかのように、びくん、と通路の先で虚空を睨《にら》むようにしていた護里が大きく体をびくつかせる。そして、大きな音に驚いた猫のように目を見開いて何も見えないはずの周囲をぐるぐると首だけではなく体を回転させるように見回した。

「鷹雄さん？ 鷹雄さん⁉」

尋常ではない咳に思えて、思わず芹はスマホの向こうに声をかける。

返事はない。連続した咳と荒い息遣いが聞こえるだけだ。

何が起きている？

そう同じ音を聞いただろう、八城と本間を見上げようとして——

——……ゴンッ
遠くから籠った音が聞こえた。城の外から、何度か聞いたことがある。

五つ目の、観覧車のゴンドラの落ちる音だった。

それと同時に、スマホの通話状態が切れる。

霊障的な原因で途切れたのではない。普通に、鷹雄側から通話を切ったのだろう。プーッという耳障りな音が聞こえてくるだけだ。

全員がその間で息を呑《の》むようにして、互いに視線を交差し合う。激しい咳の音が聞こえていたのだろう、不安そうに笑が芹の携帯を見上げている。

「……救急車、呼んだほうがいいっぽい？」

「外につながればね」

迷いながら芹は自身のスマホをポケットへとしまい込んだ。

「僕たちが、何かを二つ落としたって言ってたよね鷹雄先生」

「――……心当たりはねえっすね」

男性陣も男性陣で、疑問を囁《ささや》き合っている。

「いや、正確にはあるけど……数が合わねえ」

「観覧車のゴンドラな。さっきまた一つ落ちたっぽいけど。あれも変なんだよね」

先ほどの籠ったような音を思い出し、本間は渋い表情を浮かべている。

芹も、スマホ越しにまるで責めるように聞こえた『落とした』という鷹雄の言葉に、まず思い出したのは観覧車だった。というよりも他に思い当たるものがない。

しかし、それについては大きな矛盾がある。数が合わないのだ。

「そのことを話してた時点では、四つ落ちてたよね。さっきまた一つ落ちたみたいだけど。なんでわたしたちが二つ落とした、なんだろ」

確か、この廃遊園地に入ってしばらくすると、観覧車が落ちた。

落ちたのであって、落としたわけではない。それではまるで自分たちが故意に何かしでかしたようではないか。

「別に何かしたわけでもないよね。ていうか触ってもいない」

落ちた後に見に行ったけど、と本間が不審そうに付け加えた。

「あとの二つ、落ちたことに気付かなかっただけじゃない？」

「結構大きい音したけど……」

笑の言葉に、やはり芹も首を傾げることになる。結局４人揃って期せずして同じ角度に首を傾げていることに気づいて、気まずそうだったり忍び笑いが漏れた。

護里はまだじっとトンネルのように続く通路で虚空を見つめている。その様子を見ながら、芹は無意識にポケットの中のスマホのつるりとしたディスプレイを指でなぞりながらつぶやいた。

「とりあえず、鷹雄さんの言葉によると、一晩我慢すればいいみたいだけど……釈然とはしない」

「まあね。一晩ならうっかり渋滞に巻き込まれての車中泊っていうトラブルと似たようなものとして気持ちの整理はつくけど……」

「じゃあ、なんで北御門に対してあんな喧嘩腰《けんかごし》だったんすか、あの男。一晩で決着って、何。師匠がこっちに向かってるのがわかってるだけにすっげえ不穏なんすけど」

スマホから聞こえてきた、明らかに病んだような掠れた声と咳にてんこ盛りだったはずの敵意が若干削《そ》がれているのだろうか。八城は複雑そうな表情で、護里が見詰める先を確認するように、天井を振り仰いだ。

「……それは、そうなんだよねえ」

八城の危惧《きぐ》はもっともに思えて、芹は眉間《みけん》に皺《しわ》をよせた。

その一方で、鷹雄の言葉にはいくつか聞き逃せない単語はあるにせよ、夕方に顔を合わせた時よりも声がひどく弱っている様子なのも気にかかる。

「あと、鷹雄先生って、何か持病でも持ってたのかな」

まるで芹の考えを見透かしたような本間の言葉に、一瞬びくっと反応してしまった。さすがに本間も好きな子の愛読書の作者の既往歴など知る由もない。芹も同様である。

「相当具合が悪い感じの声だったよね……正直、第一印象も悪くて、閉じ込められるみたいなけったくそ悪いことになったけど、かといって何かあったら良心が痛まなくもないというか……。僕正直に言うと、微妙にざまあみろと心配の間で揺れてはいるんだよね」

「けったくそって……意外と本間先輩下品ですね」

本間の気持ちがわかる気がして、芹はつい苦笑を浮かべる。

「品がなかった？　でも、けったくそ悪いって、陰陽師用語からでしょ？　卦体糞《けったくそ》悪い。占いの易の結果を卦体《けたい》といって、結果が悪くて忌々《いまいま》しいことを卦体が悪いっていうんだけど、糞はその強調」

「え、そうなんですか？」

目を丸くした芹に、暗がりの中に沈んだ本間の表情が、悪戯《いたずら》小僧のように笑んだ。

「そうらしいよ。陰陽道が語源の言葉って結構あるらしいからね。例えば、最有力を意味する本命って言葉は、もともとは生年の干支《えと》のことで、〝本命《ほんみょう》に当たる〟っていうから、〝当たる馬〟って意味で競馬で使われるようになったそうだし、打つ手がないっていう意味の八方塞《はっぽうふさ》がりって言葉も、陰陽道でどの方角も差しさわりがあるってことだから」

「へー、先輩意外と雑学にも通じてるんですね」

芹は素直に感心を示した。隣で同じように笑も「ほー」と息を漏らしている。

「雑学ってほどのものじゃないさ、いつだったかの授業で雑談的な豆知識の話を聞かされたのを覚えてただけ。……ああ、そうだ」

少し懐かしそうに本間は目を細めた。

「守矢《もりや》先生の授業でね」

「あー国語の授業担当ですもんね」

同じように授業を受けているが、芹には「守矢先生」の雑談が特別面白かった印象はない。そういえば、彼とはこの『さばまるファンシーランド』の手前で別行動になった。温泉に行くと言っていたはずだが暢気《のんき》に湯船に浸《つ》かっているのだろうかと思うと、少しばかり見当違いなイラつきのような感情が湧き上がった。

「わたしは守矢先生って印象は薄いですけど、本間先輩から見ると恩師みたいなものなんでしょうかね」

チリッと感じた八つ当たり的な感情を誤魔化すように、芹は何気なく言葉を重ねる。八城は先頭に立つ護里の近くまで歩み寄り、彼女に案内先を詳しく聞いているようだ。

「いや、話しやすいし多少お世話にもなってるけど、恩師という印象は薄いかなあ……むしろ、恩を売っておきたい師？」

「そういえば、沙菜の叔父《おじ》さんですもんね」

下心がわかりやすすぎて乾いた笑いが零《こぼ》れてしまう。

「そ、あの人が途中まででも廃墟《はいきょ》探検についてきてくれれば、高橋さんも一応乗ってきてくれるから」

喫茶店で一度顔を合わせただけの大学の教師の印象などほとんど残っていなかったのだろう、笑が二人の会話に耳を立てつつも難しい顔になっているので、本間の下心を笑い飛ばすだけにして、その流れは早々に打ち切ることにする。

本間の恋がどうこうよりも、現在気になるのは鷹雄光弦の動向だ。

そしてそれ以上に彼の目的だろう。

「とりあえず、一晩ここにいればいいって主張だったけど、本当かどうかわからないのは不安。で、そのわたしたちがここに閉じ込められた一晩で何が起きるのか。ていうか何かするつもりなんだろうなっていうのは、口振りから伝わってきた。あと鷹雄さんの北御門とか皇臥に対する敵意的なものはすごく気にかかる」

芹は自身の気にかかることを、確認するように指を折っていく。

折れた三本の指をジッと見詰めていると、笑も真似をするように自分の掌《てのひら》をジッと見詰めている。彼女の小さな手を保護する軍手は、墨で汚れて真っ黒だ。

「そういえば」

ぽつりと、笑が呟《つぶや》きを零した。

「……ぬいぐるみ。乗ってたね、壊れてたけど、なんかちょっと可哀想だったな」

「え？」

おそらく特に誰に当てたわけでもない、何気ない少女の呟きは、周囲の静けさもあって思ったよりも大きく響いた。笑自身も芹に聞き返されて少し慌てた様子だ。

俯《うつむ》いていた首の角度を跳ね上げて、小さく両手を振る。

「あ、ええとごめんなさい。関係ないの。ホラ、今、観覧車の話してたでしょ？　あの落ちたゴンドラの中に、虎のぬいぐるみがいたじゃない。なんか真っ黒に塗られてたやつ、そういえば、本間さんが他のゴンドラにもペンギンがいたって言ってたじゃない？」

自分が注目を浴びてしまったことに焦りを感じたのか、笑は早口になる。

「あたし、ぬいぐるみ好きだし。まだ新しい感じだったから壊れてても捨ててこないで連れて帰ってあげるべきだったかなとか、なんか今更思い出して引っかかってたの。汚れも洗ってあげて、墨が落ちなかったらいっそ黒い虎と見なして可愛がってあげたほうがいいかなとか。それなら他のゴンドラに乗ってた子も一緒に回収して可愛がってあげたいかもとか、ごめんなさい、ホント、そんなどうでもいいこと考えちゃってたの！　緊張感なくてごめんなさい！」

「いや、緊張感ないのはいいと思う」

ある意味年若い少女らしい感性の言葉に、本間は朗らかに笑う。笑なりに、真剣に話し合っている年長者たちの邪魔をしてしまったと思ったのだろう、微妙に恐縮している様子だ。

「明るくなったら、ペンギン連れに行こうか。一番下のゴンドラに乗ってたやつ、まだ新しかったし壊れてなかったから確かに閉鎖された遊園地に放置は可哀想かもしれない」

気にするなというように、本間は笑の肩へと手を置いて笑の感情を優先する言葉を紡ぐ。

それでようやく安心したように笑は頷《うなず》いて身体のこわばりを解いた。

「……虎」

低い響きが、芹たちから少し離れた場所から洩《も》れた。

八城だ。

「虎、黒い虎……」

護里の傍に立っていた八城が、眉間に皺を刻んでいる。彼が額にはめているヘッドバンドのライトは、視線を地面に落としているせいか、光の輪の中で護里の姿が際立って浮き上がっていた。

まるで小さなスポットライトに照らされたようになっていて、護里が不思議そうに八城を見上げて首を傾けている。

「何だっけ……何だっけ、前に師匠が、言ってたような……ああ、そうだよ、あの観覧車、注連縄《しめなわ》とかついてた、ヤバいことに関係ないはずねえ」

「八城くん？」

何かを思い出したのだろうか。今にも頭を抱え込んで唸《うな》りだしそうな後輩の様子に、芹は数歩近づいた。

「もしかして、何かわかる？」

「さーせん！　わかんねえです！　でもなんか……師匠に話を聞いてた時のこと、引っ掛かったんす。何だ？　何の話でだ？」

芹に対してやけっぱちにも近いような謝罪の直後に、八城は自身の褪《あ》せた髪を掻《か》き回して悶絶《もんぜつ》している。思い出せそうで、思い出せない。何か思いつきそうで、思いつかない。それがひどくもどかしく悔しそうだ。

しばし獣のように頭を抱えて唸っていたものの、八城はすぐに丸めていた背を伸ばし、何かを振り切るように大きく頭を振った。

「本間先輩！　すいません！　オレ、ちっと別行動していいっすか？」

「ダメに決まってるだろ」

吠《ほ》えるような八城のお伺いに本間は実にあっさりと不許可を出す。けんもほろろなサークル代表の言葉に八城もやや情けなさそうに肩を落とした。

「廃墟内では、足元が悪い場所以外では単独行動しないことが基本だって何度も言ってるだろ。大体どこに行くんだ」

「あの観覧車っす。他のゴンドラに何か乗っかってるかと思うんだけど、それが何かもうちょいヒントあれば思いつく気がするんす。もう何個もゴンドラ落ちてるでしょ、その中だけでも確認しようかと」

「じゃ、あたしも！」

手を挙げたのは、笑だ。

その様子に八城はぎょっとしたように、挙手する小柄な少女のつむじを見遣《みや》る。視線を感じたのか、大柄な大学生を見上げて笑は少しぎこちなく笑った。

「真咲くん、あたしが一緒なら、危ないこととかしないでしょ？」

「えええええ!?」

半ば悲鳴のような疑問形が遠慮なくトンネル内に響き渡った。

芹がややおろおろと八城と笑と、本間を見比べる。廃墟の探検も、陰陽師《おんみようじ》知識も芹にはやや門外漢だ。だからこそ、経験も知識もある本間のリーダーシップに従うべきだろうし、心霊的な分野においては八城の判断を優先するべきだ。

それはわかっているのだが。

どちらにも口添えできず、立ち尽くすしかない。

そのことに気づいて、不意に足許《あしもと》に穴が開いたような不安定さの自覚が喉元《のどもと》をせり上がった。

——わたし、今さら自覚するけど陰陽師の……北御門家の嫁だけど、陰陽師的な知識がほとんどない。

今までは皇臥がそばにいた。だからこそ、わからないことは傍らの皇臥に聞けばいいと思っていた。北御門家の嫁という立場ではあるものの、仮だ。

家庭内の家事はそれなりにこなしていると思うが——ふと、小さな疑問が芹の心を引っ掻いた。

自分はちゃんと『北御門家当主の嫁』をこなせているだろうか。

奇妙なネガティブ思考が喉元あたりに生じて、魚の小骨のように引っ掛かっている。

義母である北御門史緒佳《しおか》も陰陽師ではないが、簡単な知識や教養がある。皇臥が継ぐまで、しっかりと北御門家を守ってきた自負もあるだろう。

「ねえ、芹さん。真咲くんと行ってもいい？」

「……あー」

本当なら、八城が何かを確認したいなら全員で行動するのがいいに違いない。しかし、鷹雄光弦が何をするつもりなのか、現在の様子も気にかかる。八城の主張ではないが、乗り込んで締めあげたい気分は満載なのだ。

八城は笑に背負ったリュックから伸びている肩紐《かたひも》の余った部分を握られて、観念したようだ。

「大丈夫。すぐ戻ります……護里ちゃん、お借りしていいっすか」

「うん、それはいいけど」

後半は内緒話のように声を低める八城に頷きつつも、芹は本間を気にするようにちらりと肩越しに彼を振り返った。懐中電灯で照らさなくとも、温厚な表情が苦り切って濁っているのが目に浮かぶようだ。

「八城、笑ちゃん。どっちかちゃんと笛持ってる？　何かあったら、鳴らすのを迷うな。あとスマホは仲間内では使えるみたいだから、絶対に落とすなよ。観覧車近辺、昼間に僕が確認した時も足元の煉瓦《れんが》があちこち割れてて危なかった。それと暗い中だと方向を見失いやすい、この城のトンネルの入り口にもう一つ光源を置いて、すぐに位置確認できるようにしとけ。すぐに無理せずに戻ってくるんだぞ、それと絶対に観覧車の真下には近づくんじゃないぞ」

苦々しそうな。しかしごもっともとしか言えない先輩の注意の一つ一つに、八城は神妙に頷いている。

「あたし、ちゃんと見張ってます！」

笑が勢いよく、敬礼のような仕草をしている。

ちなみにその隣で、微妙に膨れ面の護里も敬礼しているので、芹の目から見ると少し微笑ましい。もともと、今回の探検の間は護里に笑の護衛を頼むつもりだったことを、幼い式神は理解している。こまつなフルコース以外でもう少し護里の機嫌を取る方法を新たに見つけ出したほうがいいかもしれない、などとぼんやりと思った。

「うん。頼むね、笑ちゃん」

「……普通、それ言うのオレにじゃねっすか、芹先輩」

「注意を聞かずに単独行動を強行突破しようとする子は、信用できません」

軽口の口調で、わざと子供を叱るように八城に指を突き付けた。長軀《ちょうく》の後輩は子ども扱いに少々不満げではあったが、厳《いか》つい顔立ちはほんの5秒ほどで渋面を苦笑に解《ほど》かせる。

「観覧車で何が心当たったのか、あとでちゃんと教えてね八城くん」

「うす。何を思い出すのか、オレにもわかんねえすけど……しかも全然関係ないことだったりするかもしれないんすけど、多分、師匠の教えてくれたこと、だったと思うんす」

じゃ、と軽く手を上げて、さばまるキャッスルの外へと出ていこうとする。彼からピロリと伸びたリュックの肩紐の余分な部分を笑が握ってついていく。ちょっと大型犬の散歩のようだと、見送る芹は思った。

八城が額に付けていたヘッドバンドのライトの光源が遠ざかっていくと、人数が半分になった頼りなさも手伝って、暗さと静けさが余計に際立つ気がした。

「芹さんは、上でしょ？　鷹雄先生、気になるだろうし」

本間が飄々《ひょうひょう》とした口調で言いながら、指で上を指す。

「本間先輩こそ、八城くんの手伝いしたかったんじゃ？」

「まあね」

否定することなく、本間はへらりと気の抜けた笑みを浮かべた。

「でも、廃墟《はいきょ》案内は僕の得意分野。八城は怪奇現象関係。多分だけど、こういう場所では笑ちゃんは八城と一緒のほうが安全だと思うよ」

「……ですよね」

芹自身も守護の式神である護里をついていかせていることも加えて、不安に押しつぶされるほどという心配はない。

それでも、本間の気遣いはありがたい。ずっと笑と握っていた手が、少し寂しくも思えた。軍手越しなのに、緊張していたからだろうか、笑の手はあまり体温が感じられなかった気がしたのだが。

　護里の代わりの道案内のつもりなのだろう、右手に絡まっていた白蛇が、今は床に降りて芹と本間の前を周囲を見回しながら歩いている。

　祈里は、護里ほどに陰陽道の術への感覚が鋭くないのだろう。時折迷うように眉間《みけん》に皺《しわ》を刻んで立ち止まっていた。

　大きく登り坂になっているトンネル内は、城内アトラクション用の線路がまだしっかりとしていることもあり、それを足掛かりに伝って登っていく。すぐに、次のエリアだろう両開きの扉が見えて、祈里もその前に立ち止まった。

「外がもう見えないね」

　本間が少し困ったように言いながら、ポケットから黄色いスティックを取り出し、それを軽く曲げるようにしてから大きく振って、地面へと放り投げた。本間が手の中でシェイクしたスティックは、淡い黄色に光り出す。周囲がボヤッとした光で照らされ、地面の凹凸がさらに鮮明に浮き上がった。

「ケミカルライト？　そんなのまで持ってきてたんですか」

「そ、いわゆるサイリウムってやつ？　最近のキャンプ場はキャンプファイヤー禁止なこともあってね。これを並べて駄弁《だべ》るわけ」

銀縁眼鏡のつるを淡い黄色に反射させ、本間はぷらぷらと目の前でまだ発光させてないスティックを揺らしてみせた。

「足元安全だし、道しるべになるでしょ、どっちにしても役立つし」

言いながら本間は八城が消えていったトンネルの入り口方面へと一度だけ視線を流した。そちらの方向が薄ぼんやりと明るいのは、城の入り口に光源を置いていけという本間の指示に後輩が素直に従ったからに違いない。

「心強いです」

「こちらこそ」

本間は緩い笑みを浮かべて、まるで牢屋《ろうや》のような鉄格子のペイントがされた両開きの扉を押し開けようとした。

さばまるキャッスルのトンネルの入り口で、八城は一度足を止めて本間の指示通りに予備のLEDランタンを点《つ》けて、地面へと置いた。

ぽっかりと開いたトンネルの中に光が吸い込まれていくように見えて、少しばかり不気味ではあるが、そういった雰囲気も本来は廃墟探検の楽しみではある。さすがに、今はそれを愉《たの》しもうという気は起きない。

「笑ちゃん。これボディバッグにつけてくれな。万が一にでもはぐれたら困るっしょ、万が一転んでも背中についてたら見つけやすい」

「あ、サイリウム」

八城が取り出したのは、10センチほどのスティック状のケミカルライトだ。本間やサークル仲間とまとめ買いをして、分け合っているものだ。

「もしかしたら、ちょっと目を離す可能性もあるっすから」

「うん。わかった。あ、青いのがいい」

そう屈託なく言いながら、青いスティックを手に取ると、使い慣れていないのかしばし八城の手つきを見守ってから、スティックを軽く曲げる。すぐに、青い光と紫の光が周囲にぼうっと浮かび上がった。

「……外、やっぱり少しひやひやした感じするね。やな感じ」

城の建物の中とは異なる空気を感じ取っているのだろう、笑は少し顔を顰《しか》めた。

「あ。中、戻んないからね？」

八城が言葉にする前に、笑に機先を制された。思わぬ敏感さに八城は一瞬だけ鼻白む。

笑は得意げな表情を微《かす》かに閃《ひらめ》かせた後、青い光を芹がつけてくれた「お守り」だという小さなカバンへとつなげつつその表情を曇らせる。

護里が亀の形に戻って指定の場所であるその運搬用カバンに戻ると、少し眩《まぶ》しいかもしれないなどと考えていた八城は、ふと笑の晴れない顔色に引っ掛かったようだ。

「どしたんす？」

「あ、うん。……あのね真咲くん。芹さん、おかしくない？」

「はい？」

思わぬ笑の言葉に、自身のベルトの腰あたりに紫のケミカルライトを取り付けようとしていた八城の手が止まる。

笑が、じっと自分の墨で汚れた軍手を見つめてから、やや乱暴に止まった八城の手を、無理矢理握手するように握ろうと摑《つか》んだ。

「？」

思わぬ行動に半ば硬直する。しばらく、そのまま無言で時間が流れた。笑はまじめな顔で、つないだ手を睨《にら》むように見つめている。やがて、ぽつりと一言。

「……やっぱり」

「はいぃ？」

一人で納得している笑の手を振り払うこともできず、八城は中学生女子の行動の読めなさに目を白黒させるしかない。

「やっぱり、軍手越しだったからじゃない。あのね、芹さんずっと、手が熱かったの」

顔を跳ね上げるようにして、笑が真面目な表情で八城へと訴えた。摑んでいた八城の手を離し、ぎゅっと汚れた軍手の中でこぶしを握る。

「え、嘘。芹先輩、変わりないように思えたっすけど……」

「あたしも、ずっと軍手してたし気のせいかなって思ってたけど、今、真咲くんの手を摑んで、ちがうって思ったんだもん。でも、あたしが『芹さん、具合悪い？』って聞いても、絶対に『大丈夫』っていうでしょ？　あたしだって、それくらいわかるもん」

もどかしそうに笑がひたすら自分の軍手の余った指先を揉《も》み上げている。

「……まあ、芹先輩なら、そうっすね。だから、笑ちゃんオレについてきたんすか？」

「本間さんなら、年上だし……あたしが見てないとこなら、頼れるかなって。ホントなら一番頼れるのは皇臥さんなんだと思うんだけど」

それはおそらく間違いあるまい。と八城真咲はこっそりと内心で頷《うなず》いた。本当なら、清められているさばまるキャッスルの中のほうが安心できただろうし、一緒に旅行に行くほどに姉貴分と見なしている同性の芹の傍を離れたくはなかったはずだ。中学生女子という生き物は、八城の経験上女子同士で群れて行動するものだろうし。

今は不格好に編まれた髪の頭頂部に、八城は軽く掌《てのひら》を置いた。

「色々、考えてたんすね。了解。調べること調べて、早めに戻りますか。負担もかけたくねえけど、心配もかけちゃダメっしょ」

正直なところ、八城としては師匠のお得意様の孫というどう扱えばいいのかわからない立場の子だが、人生経験の少ない少女なりに考えているのは間違いない。

「熱か……そんな様子には、オレには見えなかったけど」

そう呟《つぶや》いて、八城は笑の傍らに立っている振袖《ふりそで》姿の幼女へと確認するように視線を向けた。少々不機嫌を滲《にじ》ませた玄武の黒亀は困ったように、眉《まゆ》をハの字に下げている。

「……いのりちゃんなら、ずっとせりさまにさわってるです、けど」

意識して声を低めている黒髪に黒振袖の幼女は、困惑を隠しきれないようだ。

とはいえずっと触れていれば、それはそれでわかりにくいだろう。特に白蛇の祈里は芹以外にはなかなか懐かない。たまに主人である北御門皇臥にすら、懐いていないように見えるほどだ。

「で。真咲くん、何探すの？」

ボディバッグの背面に青い光を灯《とも》し、弾むように姿勢を正した笑が、気合を入れた表情で八城を見上げた。

「ああ。さっきも言ってた通り、観覧車の様子を見にっすよ。何か手がかりがあるかもしれないんで」

「わかった。1回行ったから、あたしも場所は覚えてるよ」

八城から垂れた肩紐《かたひも》のあまりを握って、頭全体上下に揺らすようにして笑は大きく頷き返した。そして、ふと何かに気づいたように一瞬真顔になって、それから、ふにゃりと緩んだ笑顔を浮かべる。

「あ？」

「えへへー。そういえば、さっき、真咲くんと手、つないじゃったー。やったー！」

緊張感のない笑顔には、ほんのりと健康的な赤みがさしていた。嬉《うれ》しそうにその場でくるりと踊るように一回転している。

……女子中学生はわからない。

あれを繋《つな》いだというのだろうか……ノーカンじゃね？

危うくそう口にしそうになったものの、無邪気な肉食系女子の片鱗《へんりん》を浮かべる高倉笑を促すようにして、八城は困ったような笑みを滲ませ闇に沈んだ観覧車へと歩き出した。

4

静かな廃墟の中で、黙りこくって歩くというのはなかなかに精神的なストレスがかかる。それを学んだ芹だが、4人でいれば順番に話を振りあうこともできる話題のバリエーションがあったが、二人だと簡単に共通の話題は尽きてしまう。

特に同じサークルでもなければ、学年も違う。

「そういえば、本間先輩って北御門家に詳しいんですか？」

「前にも言ったけど、そうでもないんだよ。お得意様だから、親と子供のころに挨拶《あいさつ》に行ったことがあるくらいかな。だから後継ぎの兄弟がいるのは知ってた。でも大通りですれ違っても、多分お互いに気付くほどじゃなかったと思うな。歳も離れてたしね」

歩きながら、なるほどと芹は頷いた。

子供の頃なんてそんなものだろう。自分だって、皇臥と子供の頃に逢《あ》っているが言われるまで思い出さなかった。

重量のある列車型の乗り物が行きかうためのお城だからか、お城の中は意外と基礎がしっかりとしていて、トンネルの入り口付近は荒れている印象だったが奥に行くほど寂れているだけで、芹の目からは危険な朽ち方をしているようには見えなかった。

とはいえ、時折すみっこの機材を重ねている場所をピッケルで軽く叩《たた》いてはケミカルライトを投げ置いている本間は慎重なものだ。

「青大将とかならいいんだけど、マムシとか怖いからね。春だし」

「あー」

芹の表情を読んだのか、本間が苦笑している。芹の横で時折難しい顔をしつつも方向を指さしてくれる祈里がいるが、指の先の方向には通路も扉もないことが多く、半ば方位磁針のようだ。結局はその方向へと近づくためには回り道が必要になる。

「それにしても、芹さんのお父さんと鷹雄先生が親しいとかって、意外だったね」

「確かにそうですね。兄貴分っていうのかな、父が税理士だからそのあたりのこと、習ってたって聞きましたけど……」

途中でアトラクションようのレールが浮き上がっている部分があって、思わず躓《つまず》きそうになってしまった。おそらくジャングルでの冒険を模した区域なのだろう、垂れ下がったビニール製の蔦《つた》の間に蜘蛛《くも》の巣が張っていて、うっかりとつっこんでしまい、声を上げそうになる。

自身が北御門家に関わっていると知り、予想外な驚きを垣間《かいま》見せた鷹雄光弦。その鷹雄の親しい兄貴分だったらしい、己の父。

――……もしかしたら。

今まで深くは考えてこなかった予想が、芹の心の中にじんわりと芽生えていた。

北御門家は父・野崎真一郎を知っていたのではないだろうか。

そう考えると、合点がいくことがいくつかあるのだ。

自分ですらピンと来なかった、勧められた旅行途中での父の墓参。最寄りのＩＣ《インターチエンジ》を皇臥に指摘されなければ、今日の昼間に近くまできてようやく気付いたかもしれない。

皇臥は、父を知っていたのだろうか。

いや、待て芹。それは先走り過ぎのような気がする。芹は己の物思いに自ら制動をかけようとした。

「皇臥に聞けばいいや」

そうだ、そうしよう。

暗い場所で、慣れない探検で疲れてだるい状態で、色々と考えすぎればよくない方向に転がる。

「本間さん、甘いもの食べませんか？」

気持ちを切り替えようと、芹は自分でも自覚できる唐突さで、歩きながらリュックの中に収めていたラップ包みのおはぎを取り出した。

旅行用のおやつとして、高倉家に持たされたものを廃墟《はいきょ》探検に出る前にいくつかデザート代わりに忍ばせて置いたのだ。

祈里と護里も気に入って食べていたので、芹も機を見ていただこうと思っていたのだが。

「どうした突然……えーと、夕食しっかり食べたから、お腹は空《す》いてないんだけどね。折角なので、いただきます。あ」

ラップ包みのおはぎを差し出されたはいいものの、本間も軍手をしているだけに、どうやってラップをはがし食べようかと悩んだのだろう。

本間の気が自分から逸《そ》れたことを確認して、芹は小さく「祈里ちゃん」と佇《たたず》む白い振袖の式神へと囁《ささや》きかけた。

じっと灰色の壁の向こうを見つめていた紅《あか》い目が、ふと逸れて芹を認識し、嬉しそうに笑う。芹へと近づいてきて、くださいの仕草で両手を差し出した。

そういえば、城の入り口の近くでは護里がずっと上のほうを見つめていたが、今では祈里はほとんど真横――同じ目線の位置を見つめている。

何があるのかはわからないが、近い。

となると、ここから先は上に向かったり下り坂にそって歩くよりも、同じような高さの場所を調べたほうがいい。

狭苦しいトンネルの途中だ。

蜘蛛の巣も埃《ほこり》も舞っている。そこでものを食べることを躊躇《ためら》ったのだろう、本間がラップに包んだままのおはぎを片手に「あそこ」と小さな扉を指さした。

熱帯風の植物がペイントされて塗料が剝《は》がれかけているが、おそらく整備用の通路か小部屋だろう。

線路のレールに直接座るよりは、平らな床がありそうだ。もしかするとアトラクション用の予備シート、または休憩用の折り畳みイスやベンチがあるかもしれない。

「でも、どうしたの突然。腹が減っては戦はできぬは否定しないけど、芹さん甘党だった？」

気楽な雑談めかしながら、本間は熱帯雨林に似た光景に迷彩されたトンネルの扉に手をかけた。

鍵《かぎ》がかかっているかもしれないと思ったが、やはり先客たちが入り込んでいたのだろうか、思ったよりも呆気《あっけ》なく扉は開いた。

中は灰色の細長い部屋だ。天井は高く、段のいくつか抜けた脚立や、バケツや折れたモップなどの残骸《ざんがい》が残っている。

掃除用具が収められていた場所だからだろうか。比較的埃も少なく、少し休憩する程度なら申し分ないように思えた。

「よっこいしょ」

本間が少し情けない声を上げて、一度自身の背負ったリュックを下ろしたようだ。アウトドアの活動に慣れてはいても、非常事態で気を張っていれば疲れるものだろう。

「疲れましたねー。まだアトラクションは上の階につながってるみたいでしたけど……」

「上るのはいいんだけど、暗いのが困るんだよね。歩くのに神経使うから。芹さん、お茶飲む？　おはぎには、お水よりお茶でしょ」

「わあ、ありがたーい！」

本間は窓を探すように周囲を見回して、ピンク色のケミカルライトの光を灯すとそれを床に置き、お茶のペットボトルを芹へと投げ渡してくれる。

それを落とさないようにと受け止めようとして——手を出す。

ちょっといかがわしいほどにピンク色の光の輪の中、煎茶《せんちゃ》のボトルが弧を描く様子がまるでスローモーションのように見えたのはなぜか。

その、ピンク色の光に照らし出された黄色と赤の着ぐるみのほうに一瞬気がとられたからだ——多分。

くたんと、壁に寄り掛かるようにして打ち捨てられた着ぐるみは、通勤電車で眠りこける中年男性のようにくたびれて見えた。

いや、ちがう。

ごん。ごとっ、と中身の充実した音を立てて、受け止めきれなかったペットボトルがモルタルっぽい床に落ちた。

衝撃で巻かれていたラベルが歪《ゆが》み、音を立てて転がって芹の爪先《つまさき》に当たっても、すぐには拾い上げようと動くことができない。

それくらい、目を奪われていた。

いや違う。

呆気に取られていたのかもしれない。双方ともに。

中身のない着ぐるみは、灰色の壁に寄り掛かっていた。寄りかかって、その腕にくたびれ切った中年男性を抱えていたのだ。

多分、抱えられているという自覚はないのだろう。ただ壊れた椅子代わりに着ぐるみの残骸にもたれたら、そのまま体が着ぐるみの中央に沈み込んでいった。

多分、そんな感じ。

そう分析しなければ芹にとっては、少々混乱をきたしそうになる光景だった。

「…………」

多分、ペットボトルを投げた本間翔《しょう》も戸惑っている。先ほどまで完全にピクニックの延長線上の会話テンションだったのだから。

「……ゴホ」

しばしの沈黙ののち、静けさの中に零《こぼ》れたのは言葉ではなく聞き覚えのある咳《せき》の音。着ぐるみの中に半ば沈むようにして寄りかかった、黒スーツ姿。

――鷹雄光弦だった。

現状の理解が追い付かず、期せずして芹と本間はゆっくりと互いに視線を合わせ、何となく手にしたおはぎを隠すようにポケットに入れた。

確かに、自身はこの男を捜してさばまるキャッスルを登ってきたのだけれど、物事にはタイミングとか心の準備とか必要なのではないかと、二度か三度浅めの深呼吸をした。

埃とカビの匂いが強く鼻腔《びこう》を刺激する。

「……鷹雄さん？」

「…………あ？」

あ、というよりもあという響きの声音だったが、着ぐるみに寄り掛かった男は間違いなく言葉を発した。

昼間、いや夕刻に顔を合わせた時よりも、ずいぶんと顔色が悪くみえた。本間の投げたケミカルライトはピンク色の光を放っているというのに、それでも覆い隠せない肌の色艶《いろつや》のなさと、目の下のクマが濃く浮き上がっている。

こんなに不健康だっただろうか？

いや、そんなはずはない。

夕方に別れてから今まで、その短時間で何かがあったのだ。

ぐったりと力なく着ぐるみに寄り掛かっているが、長い脚を投げ出すような姿は堂々として尊大で、真っ直ぐに芹たちを見据える視線は力を失っていない。

ゆえにその顔色の生気のなさはひどく不釣り合いだった。

「……あの」

たっぷりと戸惑いに沈黙した後、芹は恐る恐ると口火を切った。聞かずにはいられなかったのだ。

「鷹雄さん、ちゃんとご飯食べてます？　ひどい顔色ですよ」

「確かにお前ほどではないな。野崎芹。顔に脂が浮いてるぞ、てかてかだ」

「すいません、年長者相手にわたし滅多にこういうこと言いませんが、殴っていいですか？　今なら勝てそうな気がするんです」

女子としてイラッとするようなことを指摘されて、芹は思わずこぶしを握りそうになり、本間に止められる。

「待って芹さん。今のは、双方第一声に問題がある」

「だってあの人、着ぐるみにもたれて座ってるとかファンシーな格好しているくせに、のっけからすごく性格悪いこと言うんですもん」

芹の言葉に、鷹雄光弦は驚いたように色濃い隈《くま》に彩られた目を剝《む》くと、少し身を浮かせて己の格好を確認した。

どうやら無自覚だったらしい。

その様子に、芹は何となく父の墓前に向かっていた昼間の鷹雄光弦の姿を思い出し、浮かび上がっていた敵意が微妙に萎《しぼ》むのを感じていた。

「……わたしたちがここに来たこと、驚かないんですね」

「何か理不尽が起きれば、その原因に詳細を問いただすのは定石だろう。不思議でも何でもないし……見ていた」

そういえばスマホでもそう言っていたことを思い出す。芹たちを見ていた、と。

「貴様らは、不意打ちだったようだがな。俺を追ってきたんだろうに……そこが全く理解できん」

皮肉なしに大まじめの言葉のようだ。

単にこの場所で気を抜いた瞬間に、いきなり鷹雄と出くわすと思わなかっただけなのだが。

疲れたように着ぐるみにもたれ、下から見上げるように睨《ね》めつけてくる爛々《らんらん》とした目が、強く心に刻まれるような気がした。

「鷹雄さん、なんで北御門に対して敵意を持たれているんですか？」

声が掠《かす》れそうになるのを誤魔化しながら、芹はなるべく穏やかな声音で問いかけた。鷹雄は座り、芹と本間は立っているだけに、やや詰問しているような気にもなる。

なので、ぺたんとその場で正座をして、視線の位置を合わせることにした。床が固いので、すぐに膝《ひざ》を崩すことになるだろうが、おずおずと近づいてきた祈里が、ぴたりと芹の右腕にくっついてきた。

鷹雄は無言で、真白な髪の小さな玄武を見遣《みや》っている。

「……鷹雄さん、お墓でわたしのことがすぐわかったの、祈里ちゃんがいたからなんですよね」

鷹雄光弦は、芹に憑《つ》いている式神は退魔の玄武だけだったはずだと口走っていた。そこから八城の鷹雄に対する敵意が膨らんだような気がするが、そのあたりの事情はまた後で彼に問いただそう。

「撫子《なでしこ》さんに似ていたのも、嘘じゃない」

今から思えば、鷹雄光弦は父の墓で遊ぶ祈里の姿を見ていたのだ。

「父は、真一郎は……北御門家を知っているんですね？」

確認のように問いかけたのは、カマかけの一種のつもりだった。鷹雄は何も言わずに沈黙している。この沈黙は肯定だと芹は判断した。

一番聞きたい疑問には答えを得た。あとは、おいおい皇臥を問いただせばいいだろう。

本当はもっと色々と北御門家について聞きたい。何故、この人は北御門家を恨むような感情を抱えているのだろうか。

「鷹雄さん、今晩一晩ここにいれば……わたしたち、家に帰っていいんですよね」

「――……うまくいけば、な。うまくいかなかったときは……申し訳ないとしか言いようがない」

「何が？　何がうまくいけば帰れるんですか？　皇臥が、迎えに来るんです。わたし、一緒に帰りたい。八城くんと、祈里ちゃんも護里ちゃんも……本間先輩も笑ちゃんも、みんな帰りたい家があるんです」

説得のつもりの言葉だった。

見るからに体調の悪い人を相手に、できるだけ興奮させないよう穏便に、自身の希望を述べるだけのはずだったのに。

北御門家を思い出しただけで、目の上がじわっと熱くなった。

細い山道を歩いていけば、一番最初に見えてくるのは腕木門《うでぎもん》に寝そべる白虎《びゃっこ》の姿。時々、一緒にシナモン文鳥がさえずっている。

当主でさえ億劫《おっくう》がって開けることのない正門。その脇の通用口をくぐると、真っ先にその日の留守番役だった白か黒かの振袖《ふりそで》の幼女たちが駆け寄って迎えてくれる。

大陰《たいいん》の律《りつ》は、最近いい陽気だからと本邸の布団を片っ端から干して、シーツを洗い、古い手法で糊付《のりづ》けしてついでに自分も外廊下で日向《ひなた》ぼっこしている。

本邸から離れの現代住宅に向かう途中の家庭菜園で、ちらりと芹を見て「おかえりやす」と無視せず声をかけてくれる史緒佳の姿が浮かぶ。

食べごろの野菜をザルいっぱいに収穫して「運びなはれ」不愛想に命令して、芹と一緒に玄関まで向かうのだ。

――……自分が自覚している以上に、北御門家は芹にとっての『家』だった。

「北御門はともかく、あの女の子とそいつは無関係だから問題ないぞ？　帰せばいいんじゃないか？」

「は？」

軽く咳を挟みながら返ってくる言葉に、芹は上ずった声を上げた。

「え。帰っていいんですか？」

「そいつ」と指さされた本間も、不意を衝《つ》かれたようにぽかんとしている。

「本来は、北御門に対する呪詛《じゅそ》だ。――関係ないものには効かない」

さらりと告げられた言葉に、しかし芹は背が凍り付くような感覚を味わう。


北御門に対する呪詛？


「待って。待って鷹雄さん……呪詛ってなんで！　何で、北御門にそんな恨みを持つの！」

正座していた膝を跳ね上げるようにして腰を浮かせ、芹は思わず反射的に鷹雄に詰め寄ろうとした。本間が間に素早く入らなければ、摑《つか》みかかっていたかもしれない。

皇臥は、呪詛が苦手だ。

そのことは何度も聞いている。その北御門皇臥に対して、呪詛を仕掛けている――。

「お願いだから、やめて下さい鷹雄さん！　どんな恨みがあるのか知らないけど、皇臥はそんな呪詛に足るような人間じゃない！」

「芹さん待って。その文脈はちょっとおかしい」

性格が多少合わなくて嫌われることとくらいはあるだろう。けれどそれは個々の問題だ。恨み骨髄に徹し、念じてその人生を狂わせるような所業にふさわしいような大人物ではない。むしろ失敗を恐れ、当主の座にプレッシャーを感じている小市民だ。

そして、少なくとも芹にとっては、穏やかで、時々拗《す》ねたり口調は荒くなったりするものの、カッコ悪かったりカッコよかったり、精一杯に芹を支えてくれる存在である。

冷静な本間が、芹と鷹雄の間に割り入り、少し距離を離させようとする。

「あーもう、我ながらみっともないなあ！」

本間が視線を遮ってくれたことで、自分が冷静でなくなっているのを自覚して、消え入りたい恥ずかしさを覚える。

「いいんじゃない？　恋をすると人って愚か者になるっていうし」

「こいッ⁉」

少しおどけたような本間の慰めに、芹は声を裏返らせる。違うと反射的に否定しようとして、一度大きく首を横に振る。

「確かに、めちゃくちゃ説得力ありますね、本間先輩に言われると」

「あ。今のかなり切なくなった――」

不意に、籠《こも》った低い音が狭い室内に響く。

ゴゴッ、ゴトッ
重い音とともに、錆《さ》びた金属を擦《こす》るような不快な高音。さばまるキャッスルの中にいても、その音ははっきりと聞こえた。

「——……六つ目」

鷹雄光弦が低く呟《つぶや》く。同時に、ひゅうと少し苦し気な呼吸の音がした。

「……それ、観覧車のことですよね。六つ目の観覧車のゴンドラが落ちた？」

「ごめん、芹さん！　あそこ今、八城と笑ちゃんがいるよね！」

芹と鷹雄、二人の間に立ちはだかって冷静を促そうとしてくれていたはずの本間が、真っ先に駆け出した。「あ」と芹もそれに思い至る。

慌てて本間の背中を追いかけようとして、一瞬だけ迷ったように鷹雄を振り返る。

ピンク色のケミカルライトに照らし出された鷹雄光弦は、相変わらず堂々とかつてさばまると呼ばれるご当地ゆるキャラの着ぐるみにもたれ、口許《くちもと》に薄笑いを浮かべていた。その笑みに、芹はぞっと背筋が冷たくなるものを感じる。

「——……ああ。来たのか」

鷹雄の呼吸の音に紛れてしまいそうな掠れた声は、途中で咳《せき》に紛れた。薄暗く煤《すす》けた天井を見上げ、また一つこふりと咳を漏らす。

「北御門、皇臥……」

第七章　呪詛の主

1

夜の中に、囁《ささや》き声が響く。

かすかな明かりもない、獣道さえ存在しない原生林の中で男二人の声を、この場に聞きとがめるものはいない。

いや、この場に居合わせたにしても、その声を聞き取ることはほぼできなかっただろう。

「なあ。じいさんや。自分、やべえよなあ、あっこに突入したら。あ、いや、ヤベーのは大将か」

「爺《じい》さんという呼称が、私のことを指しているのなら、北御門《きたみかど》家最古の十二天将の一人だという自負を貴方《あなた》に叩《たた》き込んでみてもいいのですが？　珠《たま》」

原生林の中で大きく不自然に木の枝が撓《しな》った。

しかしそこには何もない。誰もいない。

彼らを見分けることができるのは、優秀な陰陽師《おんみょうじ》かそれに連なる縁を持つものだ。

北御門流陰陽道、式神十二天将——白虎《びゃっこ》の銘を持つ、当主の護衛であり門番の珠。

そして同じく十二天将、貴人《きじん》の銘を持つ、伊周《これちか》。

主《あるじ》である皇臥《こうが》からの連絡によって、北御門家から真っ直ぐにさばまるファンシーランド跡地へと駆けてきた、式神たちであった。

「——……私は、行けそうですけれどね、とっくに落ちています」

暗闇の中にくるくるとした大きな黒い目が月の光だけを反射している。

その先にはぽっかりと不自然に空いた空き地、かつて賑《にぎ》わったのだろう小さな遊園地の敷地が広がっていた。

二対の視線の先には、えらく不格好にゴンドラを落とした観覧車が佇《たたず》んでいる。

「まあ、自分はどっちかというと物理で片付く方向のほうが得意なもんで。下手に藪《やぶ》をつつくよりゃ、術者のほうに行かしてもらいますぜ」

「ああ、そのほうがいいでしょう。適材適所という奴です。まあ、あそこには私の契約者である真咲《まさき》くんがいるはずですし……」

ふっさりとした尾を枝に巻き付けるようにしていた巨大な獣が、ふと、言葉を切って不思議そうに首を傾げていた。

頭上の枝にいたはずの白虎は、伊周の答えを待たずにあっさりと姿を消している。

闇に沈んでいたはずの遊園地の中に、ちかちかと奇妙な光が揺れている。

白色の電灯らしき光に加えて、青と、紫。それは暗闇の中で奇妙に鮮やかに存在を主張していた。

「？」

大きな疑問符をあらわすように、推定巨大レッサーパンダが斜めに首を傾げている。

最古の式神のもとに――いや北御門家に、ケミカルライトという文明の利器が持ち込まれたことが一度もなかったのである。

2

途中で合流した在原美葉瑠《ありわらみはる》とは、本来の芹《せり》と笑《えみ》の目的地だったオリハルコンリゾート前で色々情報を得て別れた。

詳しい地図とデータを彼女から譲ってもらい、北御門皇臥はそのまま休憩なしで『さばまるファンシーランド』へと突き進んでいく。

助手席でナビを務めている赤い髪の少年が、少々呆《あき》れたような顔になっているのにも気づかない。

「芹から連絡は？」

「ねえよ」

山道のカーブでスピードを落とすついでのように、隣へと確認してみたが朱雀《すざく》の式神の言葉はにべもない。

「……つか、ちょっと待て主」

助手席のシートでふんぞり返っていた少年が、声に緊張を孕《はら》ませる。

「どうした、錦《にしき》」

車を止めることなく、少々生意気だが最新の式神の言葉へと耳を傾ける。

「この道、なんかやばいのが流れてくんだけど」

さばまるファンシーランドへと続く、ゆったりと曲がった道筋は、道の両脇に深い雑木林が広がっている。ほとんど手入れされていない分、木々がせり出して道路を半アーチ状に包みそうだ。

「止まれ、主。ヤバい、なんかヤバい。明らかにヤバい！　まずいって！」

普段強気な文鳥の声が半ば悲鳴のように尻上《しりあ》がりに高くなる。

「よし！　俺は視えてなくてラッキーってことだな！」

「アホなのかぁああ！」

式神の警告を無視して、皇臥はアクセルをさらに踏みこんだ。いい車ゆえのエンジンの低い唸《うな》りが高くなり、ガードレールの反射板の小さなちらつきが一気にかなりのスピードで流れていく。

「どうせ、何が視えたって聞かされたところで、止まるわけないだろうが！」

「視えてなくたって、なんかあるってのくらいはわかるだろうがー！　主、鳥肌スゲーぞ！」

シートに体勢を崩すように沈み込んでいた錦が、ハンドルを握っている皇臥の手首から手の甲までを示して、大声を上げている。

そこには見るだけでわかる鳥肌が立っていた。もう一つの姿が鳥だからこそ、今にも筆毛でも生えてきそうだという、少々グロい想像をしてしまう。

ぼんくらと言われてはいても、北御門皇臥は陰陽師である。

出来は良くないと自負もしている。

それでも、流派宗家の息子の一人として修行は積んでいるのだ。全く霊的な感覚がないわけではない。八城《やしろ》や錦のような敏感さではないものの、陰陽師を辛うじて語れるボーダーライン上にはいるのだ。

だからこそ、当主の座から逃げられなかったわけだが。

「そこまで必死になるのかよ！　芹のことになると、ホント見境ねえな！」

助手席からの悪態を皇臥は黙殺する。

黙殺して、フロントグラス越しの光景だけに集中している。

悪態返しがなかったことに微妙な違和感を覚えた錦が、シートに改めて座り直そうともぞもぞと身体を動かした。

「たかお、こーげんて、誰？」

北御門家の最新の式神・朱雀がそう質問を投げながら隣を覗《うかが》う。

「天才」

吐き捨てるような、短い単語が車内に籠《こも》って響いた。

「ただし。天才は何とかと紙一重って有名な言葉があってな、限りなくそれを体現した糞《くそ》野郎だ。本当に、あいつは人の心がわからない。マジでありえん」

単語だけでは不誠実と感じたのか、皇臥は錦のほうを見ずにそう言葉を続ける。

「ああ、そうだ！　アイツのせいで今の俺の境遇があるんだ！　そうだ、あいつがみんな悪い！　アイツのせいだ！　タカオが悪い！　俺も多少は悪いが、大部分はあの野郎のせいだ！」

「……主、何があったのか知らねえけど、言葉が駄々っ子になってんぞ。芹が聞きつけたらヒくぞー」

昂奮《こうふん》している主を宥《なだ》めるのには、嫁を持ち出せばいい。ヒトの心はともかく、主の心は式神としてそれなりにわかっているらしい。

山道をひたすらスピードを出して駆け抜けていく車は、時折罅《ひび》割れたアスファルトや雑草に乗り上げるのか、大きく弾んだ。その際に、奇妙なうめき声のような音が耳につくのは気のせいだ――と北御門皇臥は断じている。

そう、運転席側のドアをカリカリと引っ掻《か》くような音も、後ろのリアグラスを拳《こぶし》で打ち付けるような音がするのも錯覚だ。

一つ一つを真面目に認識していたら、アクセルを踏む力が萎《な》えてしまいそうになる。皇臥としてはひっくるめて雑音と処するしかない。

「でもさ」

ただでさえ霊障関係から逃げ腰のへたれ陰陽師に追い打ちをかけるように、赤い髪の少年式神はおそるおそると助手席側の窓をのぞく。

鋭い感覚を持つ朱雀の目には、黒い影が無数に車と同じ進行方向に流れていく。いや、流れていくだけではない。

この車へと取り憑《つ》いている。

北御門家のリビングで見ていたテレビ映画で車の天井部分に乗って主人公が敵地に突っ

込んでいく、という場面を彷彿《ほうふつ》とさせるが、多分、今の位置からでは見えないにしても乗っかっているのは一人分だけではない。

軽快に高速を走ってきた車が、トラブルでもないのにアクセルを一杯に踏んでも重く、スピードが出にくくなっている。

時折、影のような手が、助手席側の窓をバンバンと叩いて、手形をつけていた。

——錦は黙殺した。

車が進むごとにずるずると何かを引きずるような音も一緒に聞こえているのも、多分整備の悪い道を飛ばしているがゆえの音だ。

このあたり、式神とその親たる陰陽師の思考は似通っている。

脳内で処理が追い付かないモノは、切り捨てる、無視する。

もともと霊感の強い弟子、八城真咲も日常生活からごく自然にやっていたことなので、非日常から自分自身を守る防御本能的なものかもしれない。

「——……あ、あ、あるじっ、なんでオレに退魔の力つけてくんなかったんだよ！」

裏返った声で、視るだけでそれを退ける力のない式神が抗議交じりに不満を表明した。

「そのあたりは多少申し訳なかったとは思う！　が、お前結婚前の俺がこんな状況でアクセル踏んで車ぶっ飛ばせる男だったと思うか？　お前に退魔付けたら、逃げずに立ち向かおうとして、変なもん引きずってくるだろ絶対！」

「…………」

普段からシナモン文鳥姿に納得のいっていない式神は、僅《わず》かに視線を逸《そ》らし——少し納得した。自身の主人が抱く己の性格的な危惧《きぐ》に、少し納得できる部分があったかもしれない。

「お前のメンタリティは、多分、俺のガキの頃に一番近いから」

真っ直ぐにフロントグラス越しの光景を見つめたまま、ぼんくら陰陽師《おんみょうじ》は軋《きし》るような声音で吐き出した。

「有名な陰陽師の息子だってのに兄たちに比べて何もできなくて山ほどコンプレックス抱えて。それなのに唯一、兄貴や内弟子たちに勝る部分が一個だけあるのが己がよって立つちんけなプライドで……そのせいで」

ガツン、と不意に大きな鈍い音が響いた。

主の拳が、ハンドルを叩《たた》いたのだ。そのせいで一瞬、ファンとクラクションが高く鳴る。その音で驚いたかのように周囲から感じていた言いようのない圧が、少しだけ緩んだように錦には思えた。

「——……は、死んだ」

誰かの名前を口にしたようだが、錦には聞き取れなかった。

自身の主《あるじ》が子供の頃に、あるきっかけで呪詛《じゅそ》に対して強烈なトラウマめいた忌避感を抱くことになったということは知っていた。新旧式神の共通認識であり、事情をよく知らされていない錦も、だからこそ、車を止めさせようとしたのだ。

「でもよー」

前傾姿勢でハンドルを握っている北御門皇臥の真剣な横顔に、水を差すべきかどうか。まだこの世に生まれて実働3年ほどという経験の足りない式神にはわからない。

「でも、これ……呪詛だ。でもって、確実にこの車、狙われてんだけど」

ぼやくような十二天将・朱雀の言葉を皇臥は聞こえないふりをした。

いや、単に無視して聞いていないだけかもしれない。

不意に、ぽっかりと夜の閉鎖された遊園地が、周囲の雑木が途切れて一望できるようになった。

どんな遊具があるのか、全貌《ぜんぼう》はわからないが、影絵のように浮かび上がる玉ねぎ頭のような屋根の連なりは、絵本や童話でよく見る城そのものだ。それを視界に入れた瞬間、助手席の少年がもう一つの姿であるシナモン文鳥に変じる。

まるで冷水を浴びたように、全身の羽毛が、ぶわっと逆立って鳥のフォルムさえ怪しいほどだ。

「主、どうすんだ！　ものすごい数で遊園地取り囲んでる影が視えっぞ！　って、あれ人間か？　すげえ形が崩れて……うわぁああっ、こっち見た！」

「ホラー実況すんな！　怖《こえ》ぇ！」

「無理無理無理無理無理！　視えないならせめて共有しろ主ぃいッ！」

車内で陰陽師と式神が阿鼻叫喚《あびきょうかん》の態《てい》である。皇臥としては、レーダーとして見鬼の力を持たせた錦は重宝するが、同じものは視たくない。

何を視ているのかも、想像したくはない。

「中！　中っつこめよ主！　アイツら、遊園地の中入れねえ！」

助手席から飛び上がり、文鳥姿の錦は皇臥の懐に飛び込んだ。いつもは頭の上に乗って、視界を合わせようとしてくれるのだが、そんな余裕もないらしい。

「だめだ！　外から物理でつっこんだら、遊園地内に呪詛の穢《けが》れが押し寄せる。遊園地内を神域に整えてるのは、それを押し留《とど》めるためなんだ」

芹たちから携帯で連絡を受けた時に聞いた状況は、間違っていなかったようだ。霊的な感度の鈍い皇臥でも、知識から類推することができるし。そしてそれはおそらく間違っていなかった。

「んじゃ、どうすんだよ！」

皇臥の背広の内ポケットに潜り込んだ錦が、籠《こも》った声で詰問する。

「……決まってんだろ。……あ？」

余裕がなくなるとやや口調が乱暴になると芹に指摘されている皇臥だが、今もまさしくその通りのようだ。

車のスピードを緩めようとして、かすかにチカチカと見慣れない色の光が視界の隅を過《よぎ》り、そちらに注意が惹《ひ》かれる。

青と、紫のカラフルな光だ。しかし、小さい。

いわゆる人魂というものではなく、人工のものだ。それが遊園地内で動いていた。

人工——つまりは人が持ち込んだもの。

「芹」

不安と、安堵《あんど》が入り混じり無自覚に一言、名を呟《つぶや》いていた。皇臥は自然な動きで正門前で車を止め、後部座席に投げっぱなしになっていた和装用コート、トンビだけを掴《つか》み上げて半ば転がるように車から降りる。

が、その瞬間、向こう見ずな自分を後悔することになる。

乗用車というほぼ密閉空間に遮られていて肌で感じることは少なかった。びっしりと鳥肌は立っているにせよ、対峙《たいじ》という形ではなかったのだ。

「うわ」

「糞ボケ主ー！　何やってんだ、この芹バカー！」

懐の中から文鳥の悲鳴じみた罵声《ばせい》が響く。

車を降り、下草を踏みしめた瞬間、その地面から泥濘《でいねい》に踏み込んだような生温かい悪意の泥に沈みかけたような感覚が湧き上がる。

それから逃れようと、一歩踏み出し正門へと近づこうとして――足が動かない。

「マジか」

現状認識の声が裏返る。震える。何かが、足首に絡みついていた。荒い呼吸と、喉《のど》の奥からの含み笑いのような音。それが己を這《は》い登ってくる。

悪意の塊だ。

同じ場所に、同じ形に、生者を引きずりこもうとする執念の権化。

呪詛によって、カタチを得た妄執。

「師匠――ッ！」

「真咲！」

体が硬直してほんの数瞬、思考がものすごい勢いで巡り、あわや走馬燈《そうまとう》でも見るのかと覚悟しかけた時、聞き慣れた怒声が耳を打った。ちっぽけな北御門皇臥の自尊心をフル稼働させても、仮の伴侶《はんりょ》である芹の次に情けない姿を見せたくない存在だ。

母親。叔父《おじ》。そして式神たちにはもう散々子供の頃から見せているので。多少格好をつけたところで鼻で嗤《わら》われる。

駆けつけてきているのは、ヘッドバンドにライトをつけ、腰のあたりに紫の光を揺らす大柄な姿だ。色褪《いろあ》せたような金に髪を染め、ポケットの多いアウトドア用ジャケットを身に着けた若者――。

「正門ダメっす！　こっち！　せめてこっち！　あと梯子《はしご》があるんで！」

焦ったように手の仕草で、誘導しようと中からそう叫んでくる。

「ヤバい、ヤバいって！　早く……」

「……お前、割と語彙《ごい》が錦と被《かぶ》るな」

皇臥の呟きが聞こえているかどうかはわからないが、おそらくこの遊園地内を探索し、自分よりはよくわかっているのだろう弟子の指示だ。それに従うために足を動かそうとして、その足がもつれそうになる。

足元から這い上がる何かが、皇臥をよじ登り引きずり倒そうとしている。

「師匠！」

園内からの中からの声に「何でもない」と答えようとして、声が出ない。懐から錦がひたすら文句を呟いているのだけが鮮明に聞こえる。

ひやりと、心臓が嫌な感じに冷えた。

「あ、ヤベ」

緊急時に咄嗟《とっさ》に漏れる語彙は、わりと人間共通なモノなのかもしれない。そんな関係ない思考が巡りかけて――

ゴ

ガコン

低く鈍い音が響いた。

派手に響き渡るものではないが、重いものが地面に激突した籠った音だ。

何の音か疑問を持つよりも先にその一瞬身体が軽くなった。

ややよろめきながら、地面から靴裏を引き剥《は》がすようにして皇臥は弟子のナビに従い駆け出した。

「ダメですよ、真咲くん。皇臥殿にそんな回り道をさせては、さらに九つ目が落ちる」

低く少し枯れたような低い声が響いた。フェンス向こうで正門から引き離すように指示していた八城真咲の表情に喜色が満ちる。

「伊周さん！」

「伊周？」

先に此方《こちら》へと向かうように指示していた古参式神の声に僅《わず》かに緊張が解け、そして自身の両脇に強い力がかかったかと思うと、皇臥の身体がフェンスの上部に手の届く高さまで抱えあげられていた。

「もきゅー」

甲高く、何かを促すように鳴かれて、皇臥はすぐに察してフェンスの上方へと手をかけて姿勢を安定させる。

そのついでに振り向いた先に見えたのは、もっふりとした茶色の体。

長い縞《しま》の尾。くるくると黒く艶《つや》のある瞳《ひとみ》とそれを縁取る白のライン——立ち上がると見える腹の黒い毛並みを惜しげもなく晒《さら》すようにして、その愛らしい姿に似つかわしくない巨体のレッサーパンダに見える獣だ。

「うわぁあああああっ、伊周ッ、伊周ぁああ！」

皇臥の懐から飛び出した文鳥に顔の斜め上にちょこんとついた小さな丸い耳をつかれながら、巨大レッサーパンダと思《おぼ》しき式神——十二天将・貴人の伊周は新参式神を宥《なだ》める。文鳥の体当たりの歓迎に煩わしさを感じたのか、耳をつかれるのが嫌だったのか、一瞬にしてその姿はタキシード姿の美髯《びぜん》の老人へと変化《へんげ》した。

「ああ、はいはい。あと少し早ければ、君は入ってはいけないと制しただろうがね。今はかまいませんよ、私にまとわりついていないで皇臥殿のお側で役目を果たしなさい錦」

「わ、わぁってらい！」

いささか羽の乱れた文鳥が、よろめきつつ羽ばたいて主である皇臥の頭へとちょこんと乗った。

「オレがそばにいんのに、主に何かあったらどうしよって、オレ、マジ怖かった」

皇臥の頭の上の指定席へと戻った文鳥は一瞬丸く膨らみ、ぴるると羽を震わせると、すんなりとした形へと戻る。

皇臥は巨獣だった老人のサポートを受けてフェンスを乗り越えると、表情を強張《こわば》らせた八城へと近づく。

何度か深呼吸をして、心臓の鼓動が平常であることを確かめ、安堵《あんど》した。

「芹は」

「城ん中す」

真っ先の疑問への答えは、簡潔に返ってきた。その言葉に、皇臥は夜の中に沈んだメルヘンな造りの城を見上げ、そちらへと歩き出す。

手に掴んでいたトンビを羽織る皇臥の早足に、八城が追随するように斜め後ろから追いかけようとした。

「伊周、珠は？」

北御門家への連絡により、八城と契約させた貴人の伊周と、皇臥の護衛を担当している白虎の珠はともにこの場所へと向かわせたはずだ。

「珠は、あの時点ではここに入れないほうがいいと判断しました」

「俺の護衛のはずだろ、あいつは」

車が狭くなるという理由で今回は遠出に珠を伴わなかったとはいえ、その役目から外した覚えはない。理不尽だが、子供の頃からという付き合いの古い式神への甘えだ。

「皇臥さーん！」

高い少女の声が、夜の遊園地に響き渡った。

そちらへと視線を向ければ、顔が黒く汚れた少女が青い光を灯《とも》しながら転がるように駆けてきていた。手にした懐中電灯を振り回しているせいで、サーチライトのように光が周囲を薙《な》いでいる。その横には、護里《まもり》がちょこちょこと付いてきている。

いつも芹とともにいる護里が、知人とはいえ違う少女にくっついているのは違和感を生じさせたが、芹が年下の少女に危険なことがないようにと、護衛を命じたのだろうと理解できた。

「笑ちゃん、無事だったか。よかった。何かあったら高倉《たかくら》さんたちに顔向けができないところだ」

「平気、全然大丈夫！　あたしが我儘《わがまま》を言ったんだから！　だから八城くんや芹さんを怒ったりしないでください、ごめんなさい！」

そう言いながら皇臥の前に立つと笑は深く頭を下げた。

顔が黒く汚れているのは、墨だろうか。笑は何かを手に持っているが、暗いこともあって
てよく見えない。

「ホントは、師匠に見て確認してほしいものがあるんすけど……」

笑の隣で、恐縮した様子で長軀《ちょうく》を縮めた八城が、迷いがちに切り出した。

「真咲が言うなら、俺が見る必要のあるものだろうな。そうは、思うんだが……」

「うす。芹先輩との合流が先っすよね」

「察しが良くて助かる」

弟子は師匠の逡巡《しゅんじゅん》に気付きながらも、その意向を優先することにしてくれたようだ。いささか心苦しくはあるが、ずっと妻の安否を気にしたままで焦《じ》れて苛立《いらだ》っているのも気づまりだろう。

「鷹雄光弦《たかおこうげん》は？」

「…………多分」

あそこ、とばかりに八城は仰ぎ、玉ねぎ頭のメルヘンめいた城を視線で指した。八城が見上げることで一瞬、ヘッドバンドに固定された光が淡く細く城の形を照らし出した。

「芹先輩が乗り込んでると思うす。あいつ、芹先輩の親父さんの知り合いだったみたいで、声で聴いた限りではすっげー弱ってる感じで、放っておけなかったんだと思います」

簡単に、いきさつの断片を報告する弟子の言葉に、皇臥は片眉《かたまゆ》を上げる。その表情に、一瞬八城がたじろいだように半歩下がった。

「弱ってる？　あいつが？　……へーえ」

「……ほーぅ」

皇臥のわざとらしいような響きの感嘆符に同じ音色を重ねてきたのは、意外なことに式神の伊周だった。穏やかな紳士然とした老人の表情が、いつもよりも底意地が悪く歪《ゆが》んでいるように見えて、契約者の八城は更にもう半歩、後ろに下がってしまう。

「し、師匠？」

「うわー、悪い顔ー」

笑が見ていたのは、北御門皇臥の表情だけだっただろうが、それでもそんな素直な感想が漏れる程度には、人当たりの良さとは真逆の色合いの笑みだったようだ。似たような表情をダブルで見せられることになる八城としては、かなり怖い。

その表情、少なくとも皇臥の顔面から翳《かげ》りが霧散したのは、一瞬のことだった。

「笑ちゃん！　八城くん無事⁉」

八城が示した城のほうから、聞き慣れた声が響いた瞬間のことである。

「皇臥⁉」

八城や笑の持つライトやケミカルライトの光を目印に、ここまで走ってきたのだろう、息を切らせながら駆け寄ってくる姿がある。

一つではなかったが、皇臥には少なくとも一方しか目に入っていない。

「芹！　無事だったか！」

頭の上に乗っていた錦が、慌てて髪を蹴爪《けづめ》でつかんで踏ん張らねば落ちてしまいかねないほどに、急なダッシュであった。

自身の持っていた懐中電灯で照らし出した光の中に見知った長身を確認して、芹も安堵で微笑んだ。

落ち着こうとするように、二歩三歩小走りではあるもののゆっくりと近づいて、自身の明かりで照らさなくとも、目で表情が見えるくらいの距離で、足を止めた。

「皇」

皇臥と、名を呼ぼうとして、その言葉が途切れた。

ドンと軽い衝撃が身体にくる。

「あれ？」

芹のほうはぶつかる寸前で足を止めたはずなのに、皇臥は止まらなかった。

春先とはいえ少し夜は気温が下がる。そのことを思い出す温《ぬく》もりに、気付けば包まれていた。

要するに、抱きしめられていた。

背中に力強い腕が回るのを感じる。

「うえええええ!?」

奇声が芹から溢《あふ》れる。が、咄嗟《とっさ》に突飛ばしたり、拒否に平手打ちをするという反射行動は起きなかった。

ただ、少しだけ汗の匂いの混じった、よく知っている洗濯用洗剤の淡い香りに足元から崩れそうになる安堵を感じていた。

3

「いや、もう。ホントに、迷惑かけてごめんなさい」

芹は拝まんばかりに皇臥へと両手を合わせて謝罪を述べていた。皇臥は険しい顔はしているが、それでも顔を合わせて安心が勝ったのだろう、叱責《しっせき》は落ちてこない。

「謝罪は、高倉さんにだろう。俺が駆け付けるのは、旦那《だんな》としては当然のことなんだ」

しばしの抱擁を解いて、見上げた顔は微妙に拗《す》ねたような色合いを滲《にじ》ませていた。

「芹殿、皇臥殿は伴侶《はんりょ》として距離感のある謝罪が気に入らないのですよ」

皇臥と八城以外は聞こえない注釈に、芹はどう答えたものかと苦笑するしかない。

「……あー。でも……」

つい、嚙《か》み締めるように芹は仮初の旦那の長身を見上げて、漏らした。

「皇臥が、そばにいるの……安心する。自分でも、びっくりするくらい」

皇臥の纏《まと》うトンビの裾《すそ》を摘《つ》まむようにして、芹は少し表情を緩めた。黒くて重めの生地が風にそよぐと、少し樟脳《しょうのう》の香りがした。

「でも、正直なところ、全員ものすごくわざとらしく背中向けてこっち見ないでいられるようなお気遣いは、ノーサンキュ」

芹とともに合流した本間《ほんま》と八城と笑が、なぜか並んで背中を向けている。

「いやほら、そこは新婚さんとして見ないでおくのが礼儀かなって」

空虚な笑い声とともにそう背中で告げてくるのは本間だ。

「もう少しごゆっくりでいいよ、芹さん。好きな人にハグくらい、普通じゃんね？　真咲くん」

「そこは人それぞれじゃないすかね！」

「いや、ゆっくりしてる場合じゃないから」

まだ背中を向けたままこちらをチラ見もしない大学生二人と中学生女子に、芹はパンパン、と学校の先生のように幾度か手を打って注意を引いた。

なぜかちょっと残念そうに見える皇臥と何気なく目があい、頰が熱くなるのを感じて、慌てて平静を保とうとする。

ごしごしと自身の手の甲で頰を擦《こす》って赤みを消そうとする芹の仕草を見咎《とが》めた皇臥が、何気なくそれを止めさせようとするように長い手の指を頰と軍手の間に差し込んで——。

「芹、お前、熱ないか？」

「えっ？」

思いがけないことを言われたように、芹が目を丸くする。指をそのまま芹の額へと滑らせ、皇臥は確認するように慎重に手の平を触れさせた。

芹の視界の隅で、なぜかきょとんとした本間が笑と八城にそろって非難がましい視線を向けられている。

「自分ではわからなかったけど……本当？　熱い？」

「微熱、か。自覚がなかったのか？」

心配そうに覗《のぞ》き込んでくる皇臥に、芹は首を横に振った。季節の変わり目のせいか、体調はしゃっきりとしないことがあったにせよ、熱のあるような感覚はまるでなかった。

「そういえば少し前にも体調がいまいちだと言ってたな。帰ったら医者に行くぞ」

「えー」

芹の珍しい駄々っ子のようなあからさまな不満の声に、皇臥は小さく笑って指摘した。

「芹は寝てたら治る信者だろう。できれば不調は市販薬でも飲んでひたすら家で寝てる、できるだけ医者に行きたくないっていう」

「あたり」

「帰ったらまず医者だ」

「やだ」

何気ない日常の一欠けらのような軽いやりとりが嬉《うれ》しくて、わざと反抗しては皇臥の渋い表情を密《ひそ》かに堪能する。自分の意地の悪い部分の露呈を感じつつも、ふと思い出したように皇臥のトンビの裾を少し強く引いた。

「そうじゃなくて！　わたしより医者が必要っぽいのが……」

あそこに、と言いたげに芹はさばまるキャッスルを指さした。

言うまでもない鷹雄光弦だ。

「……医者？　あいつが？」

「そんな義理ないって思うかもしれないけど、すごく具合悪そうで放っておけなくて……皇臥にとっては腹立たしいかもしれないけど！　北御門に呪詛《じゅそ》かけてるとか……」

「北御門に、呪詛」

皇臥の表情が目に見えて強張《こわば》った。先ほどまで芹との再会に安堵《あんど》したことで生まれた表情の余裕が消し飛んでいた。顔色が目に見えて青ざめる。

「バカな！」

「いや、ホントです北御門さん。僕も芹さんと、鷹雄先生の話を聞きましたから」

夫婦のやり取りを邪魔しないように気配を殺していた組の本間が、芹の証言を補強するように言い添えた。

「この呪詛は、北御門を標的としているから、僕と笑ちゃんには効力はないから、家に帰ってもいいって」

本間の言葉に笑は複雑そうな顔になる、安心しつつもそれを喜んでいいのかと迷った様子だ、その戸惑いを見て八城が苦笑しつつ「いいんじゃねっすか、安心して」と言葉を添えている。

芹もいま改めて笑の顔を確認すると、頬に大きな墨の汚れがついている。

「笑ちゃん、軍手で擦っちゃった？　顔、汚れてる」

ポケットティッシュを取り出して手渡そうとするも、受け取った手が汚れていては黒さを頬に広げるだけだと気づき、近づいて拭《ふ》いてあげようと身を屈《かが》ませた。

「あ、軍手で擦ったんじゃないよ。ほら、あたし真咲くんと観覧車見に行ったでしょ？」

「あ、そうだ！」

これ、と笑が手に持っていたものを芹へと見せようとして、それを少し慌てて八城が半ばひったくるように奪った。奪って、それを己の師匠へと突き付ける。

「観覧車に、これが乗ってたんです。ほんとは虎だけど、墨で黒く塗られてて……ええと、多分動かなくなった観覧車の、一番上のゴンドラに。えーと、師匠、以前に教えてくれてましたよね、式神の四神に、玄武《げんぶ》を蛇と亀じゃなくて、黒虎とすることもあるって」

八城が見せつけるように掲げたのは、芹たちがこの『さばまるファンシーランド』に足を踏み入れて間もなく、一番最初に落ちた観覧車のゴンドラに乗せられていた汚れて壊れたぬいぐるみだった。

「────……」

皇臥は弟子の言葉に、まじまじとぬいぐるみを見つめ、中からウレタン綿の飛び出た無残な様子を手に取って確認した。

その手つきは芹が驚くほど優しく繊細で、まるで怪我をした子供や小動物を労《いた》わるように見えた。護里や祈里《いのり》を撫《な》でて愛《いつく》しむときのようだ。

その指が一瞬無遠慮に中綿を抉《えぐ》る。

中からは、墨で汚れ割れた木札のようなものが長い指で挟むようにして取り出された。

「明かり」

感情のない平坦《へいたん》な声で短く口にすると、心得た八城が自身の頭の光で師匠の手元を見やすいように照らす。

「──……確かに、ここに充満してるのは北御門に対する呪詛だな」

ギリ、と歯ぎしりのような音が皇臥から響く。苦々しいを通り越した、低い声音だった。

「伊周。お前、見てきたのか」

本来式神遣いに精通し、霊感のない一般人の前では式神の気配も存在もにおわせることのないはずの皇臥が、それを忘れたように傍らの老紳士へと語り掛ける。

「はい」

「残りはいくつだ？」

「玄武から始まり、九つ落ちました。残りは三つですな。ちなみに、さっき皇臥様が三つ落としたのですよ」

芹の目の前でわからない会話が通り過ぎる。

見たことのない北御門皇臥が、芹の前に立っているように見えて――思わず強く皇臥の手を摑《つか》んだ。

「皇臥は、ぼんくら陰陽師だよね？」

何を言ってるのだと自分でも笑ってしまいそうになったが、まるで取り残されてしまうような遠さを、今ようやく近くに感じることのできた北御門皇臥に感じてしまった。

「おう、おかげでこの有様だ」

芹の気を知ってか知らずか。思いがけず朗らかな笑みを皇臥は浮かべる。その笑顔が少し眩《まぶ》しく見えて、心臓の鼓動が跳ね上がった。

仮初の花嫁の抱いた不安の欠片《かけら》に気付いてか、皇臥が自分の手を掴む芹の手を、繋《つな》ぎ直すように指を絡めて、軽く引いた。

「大丈夫だ、芹。もう少しだけ頑張ってくれるか。——天才陰陽師をぶん殴りに行く」

先ほど僅《わず》かに落ちた暗い影を払拭《ふっしょく》し、北御門皇臥ははっきりとそう宣言した。

「手伝ってくれ。芹も一発、殴っていい」

4

確認すると、時間は深夜0時を超えていた。

現金なもので、今まで緊張と興奮で眠気など生じる気配などなかったのに、疲れが急浮上してきたのだろうか、笑がしきりに手の甲で瞼《まぶた》を擦っている。

「疲れた？　ミント系のガム噛む？　それとも少しシートで休んでおく？　横になっても大丈夫だし」

笑の様子に気づいた本間が眠気覚ましと、素直な休息の選択肢を差し出した。

「んー。平気、ガムは欲しい」

左右に首を振り、笑は自分の手で自分の頬を軽く張る。ぺちょっと少し情けない音が響いた。それでも眠気が消えないらしく、ヘッドバンギングばりに頭を上下に振って物理で睡魔を祓っている。

いつでも行動できるように、正門近くの深紫のミニバンの周囲に本間と八城とともにちんまりと腰を下ろしていた。

「……よく考えたら、師匠がオレに自信もって教えてくれんのって、占いか式神関係オンリーなんだから焦らなきゃ答えは出たはずなんだよなぁ」

目の前の割れた敷石の上に、八城が壊れたぬいぐるみを並べて腕組みしている。漏れる独り言に本間と笑は首を傾げている。

褪《あ》せた色合いの金髪を掻《か》き回すと、手に墨がついていたこともあって、一部髪が黒のメッシュが入ったようになり、笑は「真咲くん黒髪もありあり」と深く頷《うなず》いていた。

八城と笑が観覧車を見に行った時、すでにゴンドラが数多く落ちたせいで、バランスが変化し、下半分にしかゴンドラが残っていない状況だった。

「この墨で塗られた虎が、最初に落ちたやつに乗ってたんだよね」

笑は、八城が目の前に並べて考え込んでいるぬいぐるみのひとつを指さした。

「ん、そっす」

独り言では年齢らしいざっくばらんな口調なのに、他者に対しては簡単ではあるが敬語気味に変化する様子に、笑は小さく笑ってしまう。

「虎だったからわかんなかったんすよ、オレ。これが別の形……本来のカタチだったら、オレも芹先輩も絶対、大丈夫だったって早めに気付けた、こんな危険な状況になる前に意地でとんずらった」

内側から弾《はじ》けたような虎のぬいぐるみの横に置いた、別のぬいぐるみに八城は指を突き付ける。

「二番目に落ちたのが、多分これ。くっそ、二つ目を確認してたら絶対に……アイツの、鷹雄光弦の出自がわかった、もうそれしかねえってくらいに」

悔しそうに、八城は一人で頭を抱えて悶絶《もんぜつ》している。長くて太い人差し指をぐりぐりと柔らかい腹に押し付けて抉《えぐ》る。その腹はとっくに、ナイロン綿が飛び出して無残に壊れていたけれど。

「それ……二つ目のゴンドラが落ちたの、ご飯の最中だっけ。じゃあしょうがない」

「いや、そういう問題じゃねっす」

一人煩悶《はんもん》する八城の負担を軽くしようとしてか、本間はわざと惚《ぼ》けた理由付けをしようとしている。

「絶対、絶対、意味を見つけた。芹先輩、言ってたすからね。ヤバいことには必ず引いちまったトリガーがあるって。でもって……二つ目がこんなカタチである理由、一個しかねえんすわ」

壊れたぬいぐるみを半ば睨《にら》みつけるようにして、八城が大きく溜息《ためいき》を吐く。

やや曇っているせいだろう、星もろくに見えない空は、しかし今は低い位置にぼんやりとした月の影が見えた。笑も本間も、八城は月を見たと思っていた。

視線の先には、八城にしか見えない老紳士がたたずんでいる。彼のミニバンの上だ。

八城は壊れたぬいぐるみへともう一度視線を落とした。

「……あたし、それ。無事だったったら持って帰りたかったなあ」

八城が指をぐりぐりと押し付けて半ば虐待状態のぬいぐるみを、笑が見て少し残念そうに呟《つぶや》く。

「アライグマのぬいぐるみ。かわいいよね、うちにないんだー」

「いや、ちがうっすよ笑ちゃん。顔の模様が全然違うっしょ、太い眉毛《まゆげ》みたいに白い模様があるのがアライグマ。体色が赤茶っぽくて、こんな風に頬に白い模様があるのは……レッサーパンダなんすよ」

壊れたぬいぐるみを惜しがる笑へと、八城は二つの動物の違いを説明する。そして、もう一度自分のミニバンの上に立っている老紳士を見上げた。

「な。伊周さん」

「いいな、サイリウムの道しるべ。絶対に迷子にならん」

さばまるキャッスルへと再び足を踏み入れる芹は、しきりと感心している皇臥へと苦笑いを浮かべる。本間が城の中に残していたケミカルライトの光は、点々と、分岐ごとに道しるべとして北御門の二人を導く。

「俺もいくつか持ち歩くようにしようかな。家までの山道、あそこ一応私道だから、公費で街灯敷設してくれないんだよな」

「あー、だから暗いままなんだね」

北御門家に辿《たど》り着くまでの山道を思い出して、芹は納得するように小さく何度か頷いた。

いつもの冗談交じりのやりとり。北御門家の食卓や、リビングで一緒にテレビを見ているときのような不思議な安心感だ。

皇臥とともに、さばまるキャッスルを歩く芹の両肩が微妙に落ちている。落胆ではなく、物理的な理由によってである。

「おい、護里祈里」

芹の傍らを歩いていた皇臥が、苦り切った表情で式神たちに呼びかけた。

「あい？」

しっかりと芹の左腕にしがみつく姿勢のまま、護里が本来の主人の呼びかけに反応する。まるで真似をするように祈里も同じように右腕にしがみついているので、重い。

「芹が大変だから、離れなさい」

「やー、です」

素直な護里が珍しくごねて芹にしがみつき直している。

「昼間からずっと笑ちゃんのことをお願いしてたから……がんばってくれたし、多少甘えさせてあげたいんだけど」

「けしからん。羨《うらや》ましい」

「何か言ってる」

軽いセクハラと断定して、祈里をけしかけようかと一瞬思ったが、そういう気にはならなかった。扉の前で白く光るケミカルライトを確認し、芹は案内するように「こっち」と閉まったアトラクションの通路を指さす。

「で。鷹雄光弦さんと北御門、どういう因縁があるの？　北御門に向けて呪詛《じゅそ》なんて仕掛けられるくらい？」

顔を合わせてすぐにでも問いただしたいことだったが、念のため本間や八城に聞かれたくないかもしれないと二人きりになるまで自重したのだ。

「そんなものはない」

「は？」

思いがけずきっぱりとした皇臥の言葉に、芹は思わずぽかんと口が半開きになる。

「むしろあいつを恨んでいるのは俺のほうだ。俺がやつを呪う可能性は十分あるな！　ていうか呪うというよりは恨み節は今でも満載なわけだが」

「……は？」

さらに重ねて同じ音を吐き出しながら、芹は首を斜めに傾げる。

「知り合い……？　まあ、知り合いには違いないよね、そうでなきゃ北御門云々《うんぬん》なんて言い出さないと思うし……」

ハイキングの準備などしていない革靴だからだろう、歩きにくそうにレールに躓《つまず》く皇臥を傍らに見ながら、多少の混乱に見舞われることになる。

「うざいな、あいつ」

皇臥の頭の上を定位置にしている文鳥が甲高く鳴いて、一瞬暗がりへと滑空した。蹴爪《けづめ》を踏み外したのかと思う自然さで、主《あるじ》の頭から本間が置いていた黄色いケミカルライトの間近へと羽ばたいて――。

「あ」

　声を上げたのは、祈里だった。少しだけ悔しそうな色が声音に混じっている。

　シナモン文鳥はすぐに主の頭の上へと飛んで戻ってくると、得意げに胸を張った。つやつやと赤いくちばしには、一羽のシジミチョウが咥《くわ》えられてばたついている。

「こら、錦くん。そんなの食べちゃダメでしょ、ぺっしなさい！」

「喰《く》うかよ！」

　バタつくシジミチョウを解放しようと、芹は慌てて皇臥の頭の上の錦に手を伸ばそうとするが、錦は体をホバリングさせて芹の手を避《よ》けた。

「いいんだ、芹。よくやったぞ、錦」

「オレ、退魔は無理だけどこれっくらいなら向こうが逃げるより先に捕まえられんぞ、見鬼だからな。先に気付ける」

　文鳥から譲り受けた、シジミチョウを指で挟んで動けないようにしながら、皇臥は確認するように芹へとそれを揺らして見せる。

「見えるな？　芹」

「え、あ。うん。蝶々《ちょうちょう》、でしょ？」

　あれ？　こんな風に自明の理を皇臥に確認されたことが過去にもあった気がして記憶を

探る。

――そうだ。あれは昨年の秋、火事でアパートを焼け出され公園で路頭に迷いかけている中で皇臥に出逢《であ》った時だ。

「……あれ？」

傍らで懐く護里の存在を視認していることを確認された時と、声のトーンが同じだった。

やや苦々しい表情で皇臥は中指と人差し指の間に羽を挟んだ小さな灰色の蝶を揺らす。

芹の反応、目の前にぶら下がった答えを待っている様子だ。口頭試問中の教師のようにも見え、ちょっとだけイラッとしたのだが。

「もしかして……式神？」

「真咲が視ていたヤツだ。正確には式神ほど上等なモノじゃなく、式鬼《しきおに》だな」

皇臥にスマホで連絡を取った際に、八城は式神の存在に言及していた。ずっと園内にいて、祈里が警戒していたと――。

「え、ええ？　式神って、それなの⁉」

そういえばずっと祈里はシジミチョウと遊んでいた気がする。

けれどそれは、この『さばまるファンシーランド』に入る前から。芹が気づいている限り、霊園で鷹雄光弦に顔を合わせる前後からだ。子供らしく遊んでいると安心していたのだが、警戒心満々で追い回していたということか。

「八城くん、詳細教えてくれればよかったのに！」

「いや、そこは真咲が優秀過ぎて誤解したんだ。責めないでやってくれ……多分、真咲は芹が式鬼を視えていないと、思ったんだ」

「え？　なんで？」

皇臥の指の間で、まだ往生際悪く抜け出そうと足掻《あが》く灰色の蝶をジッと見詰めて、芹は素直に疑問を口にする。手にしたライトを当てて確認すると、触れれば鱗粉《りんぷん》が手につきそうな、精巧な蝶だ。

芹を促すように再び歩き出しながら、皇臥は言葉を選ぶように黙り込み、迷うような色を浮かべたが、すぐにそれを振り切ったようだった。

「芹。芹は北御門家の最高の式神の銘のひとつ、十二天将・玄武と契約しているから、北御門流の式神はすべて視える」

「うん。……うん？」

以前に皇臥から受けた説明と同じだ。ゆえに迷いなく頷《うなず》き返して——違和感に気付いて首を捻《ひね》った。

「真咲は、普通に自分の才能で霊も式神も全部視分けてる」

「ええと……ごめん。それって、わたしは基本的に北御門の式神しか視えないってことだよね？ ……ってことは」

芹は改めて皇臥が指に捕らえたままのシジミチョウを見つめる。

「これ。北御門製の、式神……式鬼ってこと？」

見るからに渋い表情の沈黙による肯定だった。

そういえば、皇臥は一度高倉家で無数の蝶の式神を操って見せたことがある。

「……まあ、北御門的工程と技術を使っての式鬼だな、つまり」

「鷹雄さんは、北御門の人！ ……まって、でも護里ちゃんは北御門じゃないって言って……！」

まだ左腕にしがみついたままの玄武の幼女へと、芹は確認の視線を下ろす。

「もう、きたみかどじゃ、ないです」

「破門になった」

破門。

一般には師弟の関係や絆《きずな》を断って、門下から除斥すること。資格や他の門弟たちからの関係からも除外され追放されるというが……北御門家にとっての破門がどの程度厳しいものなのか、芹にはわからない。

「じゃあ、元北御門の陰陽師《おんみょうじ》。追放されたら、普通は恨まれるものでしょ？　それなら因縁ないはずないじゃない！」

「いや、ない」

芹の詰問に答える皇臥は大まじめで、どう考えても主張に矛盾があるのにふざけている様子は一切ない。

「なあ、そうだよな。タカオ。恨んでいいのはむしろ俺だよな？　芹まで巻き込みやがって、今行くから首洗っとけ」

皇臥が蝶に向けて低く唸《うな》るように恫喝《どうかつ》する。ここまで低くドスを利かせた声を出すとは思わず、芹はきょとんとその表情を見上げた。

芹には、北御門家の事情はよく分からない。

自分は契約嫁なのだから、詳しく事情に踏み込んでいいのかわからないし、踏み込むべきではないと思っていたのだが。多分、その深い事情に関わる関係なのだと、ぼんやりと悟る。

白く光るケミカルライトが置かれた熱帯雨林のペイントで装飾された小さな扉。出てきた時に閉めた覚えがなかったので半開きになっていたが、芹が覚えている限り、鷹雄光弦がいるのはこの奥のはずだ。――合図するように文鳥が主人の少し長めの前髪をつつく。

その合図を確認して、皇臥は扉を蹴《け》り開ける。片手には本間から借りた懐中電灯、片手にはシジミチョウを捕らえていて、空きがなかったからだ。

「なあ——北御門、貴緒《たかお》!」

「はいぃ?」

返事をしたのは部屋の中からではなく、芹の裏返った声音だった。

半分暗闇に沈んだような長細い部屋の奥で、着ぐるみに身を投げ出すようにして座るけだるげな黒いスーツ姿が目に入る。

残してあった艶《なま》めかしさすら感じるピンク色の光に照らされているのに、芹と本間が見た時よりも、さらに生気が薄くなっているような気がして、芹の心臓がかすかに不安に冷えた。

「……久しぶりだな。愚弟」

ヒュウ、と喘鳴《ぜんめい》の混じった掠《かす》れた声が応じる。驚きのない平静な声色だったが、この短時間で声の張りはさらに失われていた。

「あー……いや、破門だからな……弟でもない。ただの愚者、か」

「お、おとうと? 皇臥が?」

「芹、一応は紹介する。まったくもって不快なことだが、一応血縁関係だけで言えば二親等。芹的に言えば義理の兄。小舅《こじゅうと》という奴に当たる糞野郎《クソ》だ」

「うっわー悪《あ》し様ぁー」

基本的に北御門皇臥の人当たりのいい部分を多く見てきた芹にとっては、新鮮なほどの悪口雑言だった。

「本名は北御門貴緒、これくらい生ぬるいわ。こいつが大人しく北御門を継いでりゃ俺は地方とはいえ内定を取ってた銀行員コースだったんだ！」

「あ、殴っていいかもそれは。ていうか、皇臥、銀行に就職しかけてたの！」

今年から本気で就活に取り組む予定の芹が、思わず瞳《ひとみ》を煌《きら》めかせて契約上の伴侶《はんりょ》を見上げた。

「優秀な兄貴たちのいる三男だからな！　家業継ぐ気なんかサラッサラなかったし、大学後半めちゃくちゃ就活したわ」

「……ごめん、情報量多過ぎてどこに対して驚けばいいのかわからない。とりあえずエントリーシートの書き方に関して色々教えてもらおうっと」

ほんの短いやりとりで、現実と現実離れした事情の混在を突き付けられ、軽い立ち眩《くら》みを催したが、これは微熱からくる体調不良ではない。

ゆっくりと落ち着こうとしながら芹は思考を巡らせる。

確かに、北御門皇臥──本名、北御門佳希《よしき》には兄が二人いたと聞いている。

長男・史朗《しろう》は何年か前に亡くなったと聞いているが、次男に関しては何も聞いていない。

息子たちは、母親である史緒佳《しおか》の名前の文字をひとつずつ、受け継いでいるらしいのだが──。

あー……鷹雄、ではなく貴緒か。

「そうか……ペンネーム」

「本人的には諱《いみな》だろう」

諱。以前に教えてもらったが、陰陽師として本名をもって呪術《じゅじゅつ》の対象にならないようにという簡単な呪詛《じゅそ》除《よ》けの仮の名と芹は理解している。

そこで、軽く芹の記憶に引っ掛かる光景があった。段ボールに詰め込まれた、鷹雄光弦名義の著書の数々だ。

「だから、納戸に何冊も本が置いてあったんだ、同じ巻のも」

「重版分だな」

咳《せき》交じりに短い言葉が返る。

カツリと皇臥の革靴が一歩を踏み出す足音が響く。が、その瞬間思ったよりも硬く力強い声で制止が飛んだ。

「近づくな」

短い言葉を紡ぐのが精いっぱいといった、気だるげに咳を繰り返す様子とは相反するような厳しい声音だった。

「――……もう少し、粘れるはずだったんだが」

似たようなことを電話越しに鷹雄光弦――否、北御門貴緒から聞いていた気がして、芹は意味を計りかね、皇臥を見上げる。その頭上でシナモン文鳥が警戒心一杯にまるで仁王立ちするかのように身を低めている。キルルルと鳥の形からくる本能からのものなのか、威嚇するかのような鳴き声が漏れる。

「主《あるじ》！　来る！　えぐいのが来る！」

何が来るのかわからないが、見鬼の力を持つ錦がそう警告するならば、皇臥も芹も疑わない。ほとんど反射的に皇臥は芹の手を引くようにして、自身の傍へと引き寄せた。その際、指に挟んでいた蝶《ちょう》が逃げたが、気にしない。

ギシ

ギギ、ゴッ

籠《こも》った響きは、芹にとっては聞き馴染《なじ》んでしまった音だ。

ゴンドラが落ちる音にちがいない。

そういえば、さばまるキャッスルから遊園地にやってきたという皇臥の許《もと》に駆けつけるまでに、立て続けにいくつか落ちていたはずだ。

観覧車のゴンドラがバランスをとるためにほぼ下のほうに集合したために、落ちる音も今ではそう大きくはない。

「…………」

その音が響くと同時に、また貴緒が大きく咳《せ》き込み、泡の多く混じった痰《たん》を吐き出した。

「待って、皇臥。鷹雄さんのあれ不味《まず》い……というか危険信号の痰っぽいんだけど」

「だろうな」

不気味なほどに平坦《へいたん》な声音で、皇臥が応じる。

繰り返される咳によって出る痰の中で、泡状の痰が出るのは心不全の兆候だという。肺《はい》水腫《すいしゅ》という文字通り肺に水が溜《た》まってしまう症状が起きているからだと、ハーブショップでのバイトの際に聞いたことのある豆知識だが。

どう見ても体調が悪そうなのに、着ぐるみに身を投げ出すようにしてもたれ、横になる様子がないのは心不全の時の咳は起き上がると呼吸が少し楽になるからだ、と雑学の片鱗《へんりん》が頭の中を駆け巡る。

どう考えても、医者に連れていくべきだ。自覚のない自分よりも先に。八城が、フェンスを乗り越えて遊園地外に出た際、心臓がひやりと悪影響を受けるような気配がした――と語ったことを思い出す。

「北御門に対する呪詛を、神木を依《よ》り代に自分一人で受け続けてりゃ、いくら天才でもすぐにガタがくる」

半ば睨《にら》みつけるように、吐き捨てる皇臥の言葉に、咳交じりの忍び笑いが灰色の虚空に響く。

「――……もうしばらくは、イケるはずだった。がっつり呪詛を溜めて、返す……はずだったんだがなあ」

「北御門に対する呪詛を、受け続ける？」

「芹、こいつの著書で遊園地が神社になぞらえられてたって言ってたよな」

確認するように問う皇臥の言葉は、けれど半ば確信に至っているようだった。皇臥は陰陽師としてはぼんくらだが、知識はある。

「うん」

「この自信過剰のボケは、自分が北御門であることを利用して北御門を対象にした呪詛を、自分一人に引き寄せ続けたんだよ」

「なんで!?」

芹の声が跳ね上がる。

確かに北御門に対する呪詛が行われていると聞いていた。その理不尽に怒りもした。けれど、そういえば彼は一度も自身が呪詛を齎《もたら》しているとは言っていない。

「当代の北御門の当主が、ド無能だからだが……?」

カハハと声帯を一杯に開いての冷笑が漏れた。わざと喉《のど》を開くように発声しなければ咳き込んで言葉を綴《つづ》れないのか。それでも嫌な呼吸音が静けさの中に際立つ。

「とことんまで……無能で無力ときている。さらに無力なババアまでいる」

「鷹雄さん、とりあえずそれ以上お義母《かあ》さんのことを悪く言うと、ここから助走つけて蹴りますよ、わたし」

「貴緒。悔しいが芹はかなり本気だから口は慎め」

芹の両脇で、しっかりと支えるようにしがみついている玄武の双子が、重なるように二度三度頷《うなず》いた。

「貴緒、お前の呪詛返しの儀が歪《ゆが》んだのは、俺が12の時に作った玄武が優秀過ぎたせいだろう。責任を取って、とりあえず北御門家に連行する」

ちょっとだけ自慢そうに胸を張りながら、皇臥は再び数歩貴緒の許へと歩を進めれば、硬く革靴の音が響く。

「近づくな……影響を受ける」

「芹。こいつな。歪み切ってるが本当に北御門が好きなんだ。俺はこいつが嫌いだが」

そこで待っていろと言いたげに芹がついていこうとする動きを手の仕草で止めながら、嫌そうな表情で述懐した。

「……歪んだ執着っぽいものはあるなと、思ったけど……」

芹も眉間《みけん》に皺《しわ》を刻む。

「俺がこいつに勝てるのは、式神使いくらいだった」

「阿呆《あほう》が。使えている、と……いうのか、あれで。機を見て使い捨てすらできん未熟者」

「頑張ってそうしようと思ってた時期もあるけどな、無理だ。嫁が泣く」

素っ気なく聞こえる皇臥の平坦な声音は、最後だけは柔らかく響き、ちらりと束の間芹を振り返った。切れ長の怜悧《れいり》な黒い目と視線が合って、芹は自然と笑みが浮かぶ。

葦追《よしおい》で、祈里の扱いについて皇臥と喧嘩《けんか》をしたことを互いに思い出したのだろう。

「動くなよ、貴緒。このままどっかの病院に叩《たた》き込む。少なくとも今は、俺のほうが腕っぷしが強いぞ。ここを出たら、八城と伊周もいるしな」

そう言いながら皇臥は作家・鷹雄光弦の首根っこを無理矢理摑《つか》んで引きずり起こそうとした。

「バカかお前は」

「ああ。無理に利口になろうという気はない。嫁が怖がってれば呪詛の中に飛び込むし、弟子に八つ当たりするし、多少クソでも身内の葬式を出したくない一心で無茶くらいする。あ、破門だから無縁仏か……ッ!!」

皇臥が今饒舌《じょうぜつ》なのは、きっと怖いのだろうと芹には理解できた。呪詛も、霊的トラブルも、北御門皇臥の苦手とするところ二大巨頭だ。

北御門貴緒を、半ば椅子と化した着ぐるみから引き起こそうとした皇臥から、ひゅう、と奇妙な呼吸音が漏れた。

ゴゴッ　ゴン

再び観覧車のゴンドラが落ちる音がした。

皇臥の顔面が背後からでも蒼白《そうはく》になっているのが芹の遠目からでもわかる。

「……天空が、落ちたか」

喘《あえ》ぐように呟《つぶや》く貴緒の脇で、皇臥も胸のあたりを押さえていた。体がガタガタと震えている。

「形代《かたしろ》に負わせた呪詛で、そのダメージだバァカ」

「皇臥！」

止められたとはいえ、見ているだけは耐えきれず、芹が駆け出した。細長い部屋とはいえ、そう距離があるわけではない。皇臥が止める間もなく、芹はその傍らに追いつくと、脱力した黒コートの体を支えるのを手伝おうとするように、貴緒の脇の下へと腕を回した。

「護里、祈里！」

皇臥から飛ぶかと思った叱責《しっせき》は、むしろ寄り添ってきた玄武たちへのもので、その理不尽さに芹は旦那《だんな》を睨みつけた。

「一人じゃ運べないでしょ！　祈里ちゃん護里ちゃんも手伝って！」

「「あい！」」

白と黒の双子は、寸分の狂いなく声を重ね、脱力した長身の男の腿《もも》あたりを片側ずつ抱え込もうとした。幼女とはいえ人並み以上の力を持つ双子だ。そうなるとぐっと軽く、男一人の体が持ち運びやすくなる。

「そうじゃない芹！　今このくそ小舅《こじゅうと》は、自分一人で北御門を狙う呪詛を受けて、辛うじて致命傷を仮初の十二天将に受けさせてるんだ！　観覧車が次々落ちてるのは、こいつの致命傷分だ！」

「意味わかんないから解説は後にして！　その代わり……わたし、無事に帰れたら、もうちょっと真面目に陰陽道《おんみょうどう》の勉強するから！」

「嫁が即断即決過ぎて惚《ほ》れるレベル！」

覚悟を決めたのか、訳の分からないことを吠《ほ》えた皇臥が、芹とは反対の北御門貴緒の脇を掴み、小走りに駆け出した。

その勢いに取り残されたかのように、文鳥が鳥の着ぐるみ、さばまるの上にとどまり小さく旋回している。

「主！　この着ぐるみ、この神域のご神体だぜ！　脱出の時には、こいつ壊さないと、うまく内から外には出られねえんじゃねえの!?」

「あ」

確か、神域に整えているご神体を破壊すれば、霊的圧力が外と同様になり外へと脱出する隙が生まれると、確かに芹も聞いていた。

「……錦、タイミングまかせた。多分、お前が適任だ」

振り返って、皇臥はさばまるの頭の上にいた朱雀《すざく》へと命ずる。ちょこちょこと飛んでいたシナモン文鳥は、着ぐるみの前でその姿を赤毛の少年姿へと変え、立ち上がると親指を立てて見せる。

「まかせろ！　主たちが逃げるタイミングで、ぶっ壊すんだろ。オレ、飛べるし視えるし！　超速で逃げるし！」

見鬼の式神である錦の堂々とした宣言に後押しされるように、芹も皇臥とともに貴緒を支えて駆け出しながら一度だけ振り返った。

「北御門への呪詛《じゅそ》、の……相手に、まとめて呪詛返しをするつもりが……みっともないことになった一世一代どころか七代の不覚だ……」

「猫かよ、その分自分で祟《たた》っとけ」

おそらくは一人で、何者かから秘《ひそ》かに北御門家を守っていたのだろう陰陽師は、途切れ途切れの呼吸で弱々しく呟くのに、実弟の気安さか皇臥が憎まれ口を叩いている。

「失敗したんですか？」

本当はしゃべらせないほうがいいのかもしれないが、芹はそう何気なく問う。

それに一瞬息をつめたのは皇臥のほうだった。

「芹。多分違う、きっかけは……その」

言おうか言うまいか、皇臥が迷う中で、咳《せ》き込みながら貴緒が笑っている。今までに見たことのない、まさしく大爆笑という態《てい》だ。

「芹、北御門の式神……特に十二天将のほとんどが、個々に役割を与えられているのを知ってるな？　能力を特化させているともいうが」

「え、うん。護里ちゃんが守護で、祈里ちゃんが退魔。錦くんが見鬼で、伊周さんが隠形《おんぎょう》、だっけ……えーとほかには」

「そういう特化した役割の中に、形代という役割がある。俺はあまり好きではないが、切り札としてその能力を持つ十二天将もいる——うちのなら、青竜《せいりゅう》だ」

「形代？　それってどんな能力なの？」

皇臥が淡々と感情を乗せない口調で告げる。

「身代わりだ」

その言葉に、芹は背に小さな寒気を感じた。

「言葉どおり、主人への悪影響を、身をもって受けとめる役割を持つ」

貴緒の体はかさばるが、皇臥と芹、そして双子の式神たちが手伝って運んでいるので、動きにくいだけでさほど苦ではない。足元が見えにくくて順番に躓《つまず》きかけるのがやや困るだろうか。

「このボケは、この神域に仮の十二天将を置いて、その十二天将全てに形代の役割を与えた。同時に北御門の呪詛を集束させる避雷針のような神木……というか神籬《ひもろぎ》を据え、形代の十二天将たちに吸収させていたんだよ。ああ、くそ、大掛かりなことしやがって」

「——……しばらく呪詛をためて、術者に返すつもりだったのに。仮初の十二天将がバランスを崩して、落ちた」

「はあ」

ぜいぜいと苦しそうな呼吸をしながらも、貴緒はどこか愉快そうな気配を漂わせている。目論見《もくろみ》が潰《つい》えたのにだ。

「計算違いもいいところだろう。北御門に対してのみ発動する呪詛の真っただ中に、北御門が押しかけてくるんだぞ。何のために、人里離れた場所で術を練ったのか……しかも、その北御門は、仮初の十二天将に等分に受け止めさせることでバランスをとっていた呪詛の集束の中で、本物の北御門の十二天将を連れてきやがった」

ごろごろと喉《のど》がなるような嫌な音が聞こえるが、その音とともに声を出している男は奇妙に上機嫌だった。

「……本物？」

「存在力、とでもいうんだろうな。偽物が辛うじて十二、閉じた神域でバランスをとって存在してた中に、本物が出現した。そりゃあ、マジものの十二天将にバランスを明け渡して、壊れるさ。北御門の十二天将の一角は、同じ場所には存在できないらしい」

ここに至って、芹はようやく理解した。「あ」と声が漏れる。

「護里ちゃんと祈里ちゃん！」

「そう。玄武は黒い虎で表されることもあるんだ。それを見てすぐ玄武の形代だと理解するのは不可能だろうが……実際先代の玄武は、黒虎だった」

笑が気にしていた、観覧車に乗せられていた黒い虎のぬいぐるみを思い出した。あれは、玄武の双子たちと同時に存在できずに、壊れて落ちたのだ――。

「どちらか片方だけなら、俺のエセ十二天も持ったかもしれんが、亀蛇揃ってれば無理だな。ハハ、佳希の結婚のせいですべておじゃんだ」

「こそこそ隠れて陰湿なことしやがるのが悪い。玄武が落ちたことで、呪詛を受け止めるための術式が機能しなくなり、あとは辛うじて北御門への呪詛の致命傷を止めるのが精いっぱいになったってことだろう。玄武をのぞいて、残り11回」

引きずるように運ばれる北御門貴緒は、半分意識を失っているのか、返答はなく、口唇だけがうっすらと笑う。

「……そう言えば、フェンスの外に出た八城くんが危なくなった時……ていうか祈里ちゃんが襲われかけた時に、観覧車が落ちたっけ」

芹は今までのことを思い返す。

自分と玄武の双子が入ってきたことで、最初に術が壊れて観覧車が落ちた。

その後に、鷹雄光弦が一瞬姿を見せたのは、何故自身の十二天将が壊れたのか理由がわからなかったからだろう。呪詛の避雷針となっていた観覧車の様子を直接に見に来たにちがいない。

——……あ。なるほど、わたしたちで二つ落としてるんだ。

電話越しの貴緒のボヤキの理由がようやく理解できた。

「ちなみに、俺がここに突入することで俺を守って三つ落とした！　らしい！」

なぜか自慢げに皇臥が胸を張っている。

そう思うと、皇臥は必死に呪詛を気にせずに駆けつけてくれたのだと嬉《うれ》しくなる。もっとも、貴緒の十二天将の形代がなければ、3回呪詛に命を奪われていたということなのだろうから、威張れることではない。

「一応確認するけど……鷹雄さんは、北御門家への呪詛をここでずっと受けてたってわけだよね？　皇臥に……弟だけじゃなくて、お義母《かあ》さんにも障りがないように。ていうか、弟子の八城くんや祈里ちゃんに対しても、その形代っていうのが効いて助けられたなら、北御門の一門の全部を、護《まも》ってたってことだよね？」

芹は己の理解を確かめるように、呟《つぶや》いた。皇臥の表情に渋みの成分が見る見る増えていくのは気のせいか。

「まあ、そうなる。……むかつくが」

「じゃあ、なんで『ただでここから出すわけにはいかなくなった』だったんですか？」

確認したうえでの疑問は、貴緒へと投げられる。意識を失っていたように見えた貴緒は瞼《まぶた》を下ろしていただけだったのか、億劫《おっくう》そうに眼を開けて応じた。

「……あたりまえだろう。玄武がバランスを崩してくれたおかげで、呪詛受けの術式が……おじゃんに、なったんだ。そのまま無防備に北御門の人間がランド外に出て見ろ、まとめて一気に、霊道を伝う呪詛に憑り殺されて終わるが？」

「この人、言葉足りなすぎ！」

「そういう男なんだ、芹」

非難するように芹が突き付けた指先は、貴緒の痩《や》せて色の悪い頬に食い込むことになった。貴緒は力を失っているのか頬に軍手の指が押し付けられても嫌がる素振りもない。

「それにしても、説明の手間を省きすぎでしょ！」

皇臥とともに貴緒を半ば引きずりながら憤慨するが、頭の隅ではあの時状況を詳しく説明されても信用したかは五分五分だなと、冷静に思い出す。

特に、北御門を悪く言われて、八城も共に頭に血を昇らせていた。

「まあ、それでも一応……嫁と、弟子を守ってくれていたことに感謝する」

ややはっきりとしない低い声で、皇臥が呟いた。

「――……ありがとう、兄さん」

芹の視界の中で、かすかに貴緒が視線を揺らしたように見えた。

「……一番景気よく、形代を落としまくったのはお前だくそボケ無能」

「いずれにせよ、あと受け止められる呪詛は一回きりだな、貴緒」

間髪容《い》れずに返ってきた自身に対しての非難は聞かなかったかのようにスルーし、皇臥は残った形代の数を確認する。弟の確認には、貴緒は答えずに再び目を閉じて沈黙する。

「……一つ」

「ああ。観覧車のゴンドラは、あと一個しかない」

皇臥が残る観覧車の数を呟いた。

「ちなみに残ってる最後の十二天将は天后《てんこう》だ。貴緒は六壬神課《りくじんしんか》の式盤をもとにして、十二天将を配置してた。北の玄武が落ちたことによって、北北東、東北東、東、東南東、南南東、南の配置順で、十二天将の形代が落ちていくことになった。玄武の次は貴人、青竜、六合《りくごう》、勾陳《こうちん》……だな。貴人の位置にレッサーパンダのぬいぐるみを入れてやがった、貴緒にとっては貴人の形は北御門のレッサーパンダ以外にないんだろう——意外と色々解釈されてるはずなんだがな」

皇臥の言葉は半分独り言のようだ。

一応実兄の具合が心配で気を逸《そ》らしているのかもしれない。

「そか。テンコちゃんが残ってるんだ……なんか、落ちてほしくないね」

北御門史緒佳の世話役を務めている、ゴスロリの式神を思い出し、どうしてもイメージを重ねてしまう。

まだ夜は深い。

それでも一瞬、トンネルを抜けた外の光景に心が惹《ひ》かれる。

「皇臥、車、外に置いてきたんだよね！」

「ああ。錦とタイミングを合わせて、正門が開いた隙に出るぞ！」

出てきたさばまるキャッスルを振り仰げば、笑が見つけた薄く開いた光の帯が城の側面に垣間《かいま》見えた、その隙間に今は小さな鳥が止まっている。

「頼んだぞ、錦」

そう呟《つぶや》くと同時に、鳥の姿は中へと消えていったようだ。

「芹さん！　皇臥さん！」——

待っていた笑が城から出てきた二人＋1に気づいて、手を振った。鷹雄光弦の姿に怪訝《けげん》な表情をしたものの、なにも言わない。八城も自身のミニバンにエンジンをかけながら師匠とその嫁の様子に安堵《あんど》を隠せない。

「八城！ 悪いが荷物が一人増える！」

二人がかりで肩を貸すようにして支えてきた男の姿を揺すりあげると、弟子は手際よくミニバンのシートを空けた。

「問題ねえっす。師匠も芹先輩も、そいつについてたほうがいいっすよね？ じゃあ、オレが師匠の乗ってきた車、運転します。本間先輩、こっちお願いします」

「ん、了解。ナビで救急病院、調べたほうがいい？」

八城の提案に、本間も心得たように後輩の車の運転席に滑り込んだ。

皇臥も、北御門貴緒を正門の外の車まで引っ張るのはさすがに難しく、八城の提案に乗ることにした。しかも、気を失っているような状態だ。伸びていさせられるシートがありがたい。

「じゃ、あたしもうちの車に乗る！」

高倉笑が挙手して、八城を追いかける。

外は怖いかもしれないと十分にわかっているはずなのだが、八城への信頼か、それとも自身の家の車への安心感が大きかったのか。

本間がミニバンのエンジンをかけ、芹と皇臥、そして＋1の黒スーツが乗り込むと――

気のせいだろうか、不意に。

さばまるファンシーランドの象徴である夜に染まったメルヘンな城が震え、鳴動したように思えた。

「お」

小さく頼りなさそうな茶系ツートンカラーの小鳥が、さばまるキャッスルの通気窓のひとつから正門に向けての慌ただしい動きを確認して、小さく声を漏らした。

遠くの夜の中ではあるが、かすかに動く主《あるじ》の口許《くちもと》を見分けると、シナモン文鳥は城の中へと取って返す。

そこにはピンク色のライトに照らし出された、かつてさばまると親しまれたのだろう、鳥の着ぐるみがくたんと力なく横たわっていた。

赤と黄色を基調にした、鳥のフォルムを綺麗《きれい》に見せるために、もともと形をしっかりと造られたタイプの着ぐるみなのだろう。北御門貴緒がもたれていた時には、心持ちしゃんとしていたように見えたのだが、今は半ば空気が抜けてしぼんだ風船のようだ。

灰色の汚れた床に着地すると、文鳥の姿は赤っぽい髪の少年の姿へと変わる。

そっと近づいて指で着ぐるみに触れると、ほんの僅《わず》かだけ温《ぬく》もりのようなものを感じた。

「よく考えたら、この着ぐるみってこの遊園地の象徴なんだもんな。偶像として、この場所を護る方向の意識は持たせやすいか……一種の、付喪神《つくもがみ》的な。一応カミだもんな」

しゃがみこんで、膝《ひざ》に肘《ひじ》を置くようにし、うなだれたようにも見える着ぐるみの顔を少年は下から覗《のぞ》きこむ。

「それよりも……あー」

独り言《ご》ちながら、人形《ひとがた》をとった錦は渋い表情を浮かべた。

錦は、見鬼の力に特化した式神だ。

視るものは、鬼や霊はもちろんだが、こうして近づけば籠《こも》った想いの色も見分ける。

北御門貴緒が、遊園地の象徴をカミとした、祈りの根源を。

「主が俺の生みの親で、その兄貴が作ったんだし、お前、いちお、オレの従弟《いとこ》分くらいにはなるのか。うん……遊園地護りたかったんだな。貴緒に頼られて、嬉《うれ》しかったんだな」

煤《すす》けたような鳥の着ぐるみは、静かに床に横たわっている。

天才陰陽師《おんみょうじ》と呼ばれた男が、おそらくは時間と手間をかけて仕掛けた呪詛《じゅそ》返しの要《かなめ》——

もうすぐなくなる廃遊園地の、最後の偶像。

「お前を壊すの、あやまんねーけどさ。あとは任しとけ」

さばまるのつぶらな瞳《ひとみ》は曇ったプラスチックだったが、窓からの月の光に反射して一瞬だけ涙を浮かべたように見えたのは、見鬼の式神の感傷だろう。

少年の指先の爪が、猛禽《もうきん》のように尖《とが》って伸びる。退魔の力はないが、うっかり猫やとんびに襲われたら返り討ちにできる程度の護身の力くらいは備わっているのだ。

白く半透明な爪が、弧を描く。

誰かの、訴えるような意識が最後に何かを囁《ささや》いたような気がしたが、北御門十二天将・朱雀は耳を貸さなかった。

古い布地を引き裂く音が、ピンク色に彩られた夜にかすかに響く。

遊園地内の清浄な、心地いい空気が不意に搔《か》き回され、生温かく濁った水が混じるかのように淀《よど》んだ風が吹き込んできた気がした。

温度の差を感じるかのように、明確な空気の違いは肌に触れるだけで不快感を伴う。正門に手をかけていた大柄な弟子が、全身を大きく震わせ何やら声にならない声を上げているのが聞こえた。

「錦が、神体を壊したんだ」

「本間先輩！」

後部座席からの芹の言葉に、本間は頷《うなず》く。

「ん、出ていいんだね？」

なにやらあたふたとした動きで、八城が閉ざされた正門を開ける。それと同時に、笑がダッシュして自身の車へと向かうのが見えた。笑は北御門の人間ではない、だから大丈夫なはずで——しかしよく考えれば、運転者が北御門一門に関わるのだから、万が一何かあったらと思い至り、芹は寒気で全身に鳥肌を立てた。

遊園地の境界によって押し留《とど》められていた北御門への呪詛は、一気にミニバンへと押し寄せる。

暗い影、生臭いようなにおい、空耳だろう無数の怨嗟《えんさ》を孕《はら》む囁き。それが一気にミニバンを包み込んだ。

煌々《こうこう》とヘッドライトを点《つ》けているはずなのに、まるで鼻先をつままれてもわからないような、濃い闇の中に突然放り出されたような感覚がした。

芹は慌てて、手探りで確かなものを探ろうとする。縋《すが》るように。

そうでなければ、確かに皇臥も本間も同じ車内にいるのに、誰もいないようにすら感じる闇の中に閉じ込められてしまったような不安感に、おかしくなりそうで。

無意識に手が彷徨《さまよ》い、布地を掴《つか》んだ。知っている手触りと、微《かす》かな樟脳《しょうのう》の香りがした。

「こうが」――

それをそのまま手繰り寄せるように握りしめた。

「芹！」

近いのに、遠くから親しい声が聞こえる。

上下感覚と距離感がおかしい。皮膚感覚が、冷たいのか熱いのかもわからなくなる。

それと同時に、芹の心臓を悍《おぞ》ましいものが握ろうとするような感覚が襲った。

誰かが、いる。呼吸が首筋にかかり、背中に覆いかぶさろうとするほどに、近くにだ。

嗤《わら》うような声が、耳朶《じだ》に一瞬触れて思わず息をつめた瞬間。

――その感覚は、霧散していた。

「……え」

暗く物理的な重ささえ孕んだ気持ちの悪い感覚が、ほんの瞬間で消えて、見覚えのあるミニバンの車内、フロントグラス向こうを罅《ひび》割れたアスファルトがすごい勢いで流れていく光景が見える。

ひぅ、と芹は確かめるように息を吸い、吐いた。

「……護里ちゃん？」

今、確実に何か良くないことがあった。

それが消えたのは、玄武の護里のお陰だろうか？

それとも、最後に残った仮初の十二天将・天后が形代となってくれたのか？

「芹、大丈夫だったか！」

隣のシートからひどく焦った皇臥の声が聞こえて――ふと、横たわった北御門貴緒と視線が合ったような気がした。その眼に驚愕《きょうがく》の色を帯びているのは気のせいか。

「だい、じょぶ。何か今、びっくりした」

自分の心臓は力強く鼓動している。思考も正常にめぐる。多少熱っぽいかもしれないけれど――無事だ。それを確認して、芹は深々とシートへと沈んだ。

手はまだ、皇臥のトンビの裾《すそ》をしっかりと握りしめていて、強張《こわば》ったように指がそれを離してくれない。

亀の形で芹の膝にちんまりと乗った護里はきょとんと首を傾げている。

背後に小さくなろうとしている、廃遊園地。

観覧車は――ひとつだけ、ゴンドラを残し静かにたたずんでいる。

終章

琵琶湖《びわこ》の北の畔《ほとり》には、静かな庵《いおり》が存在している。

普段はちょっとした茶室のように使われ、曜日によっては着付け教室や和楽器の練習場として開かれることもあり、風情のある庭を気に入って、たまに若い女性がコスプレだったり人形たちと共に写真を撮りに来ることもあるという。

ただ、本日は所有者である近隣の寺が、客人を迎えるために様々な用意をしているため立入禁止だ。

「あらあらあら、どうしようかしら。帰る足がなくなっちゃったわねえ」

庵に招かれていたという中年女性が、困ったという割には朗らかに笑っていた。

「何かトラブルでもあったかかな。笑《えみ》が我儘《わがまま》をしでかしたのでなければいいが」

ふん、と鼻から息を抜いて、庵の縁側から湖を眺めていた老人は、高倉清隆《たかくらきよたか》。高倉笑の祖父である。気難し気に腕を組んだ。

孫との面会中に、案内役だった北御門皇臥《きたみかどこうが》が、あわただしく高倉の車でぶっ飛んで行ってしまったというのだ。

「大丈夫でしょ、笑ちゃんはあれでしっかりしてますから」

最後に「多分」とこっそり付け加えながら、その娘である三枝幸恵《さえぐさゆきえ》は姪《めい》の性格に太鼓判を押した。

楽観的な幸恵の様子を横目に、高倉清隆は少し考えこんだ。いざとなれば電車でもタクシーでもあるのだし、財布の厚みはそれなりなのだから帰りについて騒ぎ立てるような危機感は感じていない。

よく考えれば久しぶりに一人娘との遠出なのだから、少しゆっくりとするのもアリかなどと、隠居した老人はのんびりと考えている。シーズンとしては春休みだからいいところは空いてないかもしれないが、平日なのだ。ぜいたくを言わなければ湖畔のホテルでもゆっくり過ごせるだろう。

「ええー？　やーよ、お父さんと二人でホテルなんて」

容赦のない娘の言葉に心を切りつけられ、それならどうしたものかと考えこんだ。

「おじいちゃん、どうしたの。母さんが何か困らせてる？」

少しだけ言葉に笑みを含ませた柔らかな口調で、出された茶器の片付けを終えたらしい青年が声をかけた。

「大典《だいすけ》か。お前さん、寺に帰るのか」

「ああ、そろそろ足元が暗くなるからね。山道は街灯がないから危ないんだ。イノシシも出るし」

よく知っているはずの声だった。ここ半年ほど聞いていなかったが、やはり肉親の情としては、元気そうなことに安堵《あんど》する。

三枝大典。

高倉清隆からすれば、いくらかわいい孫といえど庇《かば》い立てしきれない不始末をしでかした相手だ。

刑事事件にしにくいということで、更生のために北御門家ゆかりの寺に預けられ、事件から実に半年ぶりくらいの面会だが、覚えているよりも随分と孫の人当たりは柔らかくなったように思える。

「あら大典、もう皆さんのところに帰るの？　ちょっと待ってなさい。一応ね、お土産として余分におはぎ持ってきたから、お世話になったみなさんで分けなさいね、お重に持ってきたから」

幸恵はそれでも息子の元気な様子が確認できてうれしかったのだろう、上機嫌だ。せかせかとした様子で、先ほどまで面会していた部屋へと戻っていく。

「あー……」

大典は呼び止めようとしていたようだが、結局声をかけても止まらないだろうということが理解できたのだろう。生温かい目で、たっぷりとした質感の母の背中を見送った。

「母さんのおはぎ、美味《おい》しいけど一個が大きいんだよね、でもお寺の人たちは喜ぶかな」

少し考えて、そう納得することにしたらしい。

「大典」

その横顔を見て、清隆は孫に隣に座るようにと隣の空いた空間を軽く掌《てのひら》で叩《たた》いた。その仕草に大典は頷《うなず》くと、祖父の隣へと腰を下ろした。

ざあっと竹林が風に掻《か》き乱される音がする。

祖父のほうを見る様子でもなく、同じ音色に耳を傾けるようにして、しばしの沈黙が流れた。

「笑は、芹《せり》さんと遊びに行っとるよ。仲良くしてもらっているらしい」

「そっか」

男性にしてはやや優男気味の繊細な雰囲気をもつ横顔が、淡く微笑んだ。

残念だが、子供たちを含めた一族の中で一番愛妻・笙子《しょうこ》に印象が似ていると思う。

短い返答を返して、大典はまた竹林を眺めている。

「なんで、あんなことしでかした。死者の反魂、などと……」

正規の面会の時間では孫を刺激しないために、会話の内容には気を遣った。今も、気を付けるべきだと思っていたのだが、ぽろりと口から零《こぼ》れた。

「……うん、なんでだろう」

後悔しているというよりも、大典の表情は戸惑っているという印象が強かった。指先が縁側の板の節をなぞるように触れている。

「今から考えると、すごく頭の中がごちゃごちゃなんだよ。何でそうなるんだろう、っていう考え方をしてた自覚がある」

意外な孫の言葉に、清隆が眼鏡の奥の目を瞬かせた。

「就職浪人で焦ってたところもあると思うんだけど、まあ先生に色々と話を聞いてもらって、紹介とかもしてもらってたから今から考えると、時間を資格とったりの勉強に当てればよかったとか思いつくのに。あの時は――」

かすかに、声が震えた。縁側の板に浮かぶ節を触れていた大典の指が強張《こわば》った。

「――……あんな。マフに、あんなことができるなんて」

都合よく混乱を貫いて、自身のしでかしたことから逃げるつもりはないようだ。大典は自身の指をじっと見つめる。マフは笑の飼い猫だ。笑が甘やかしているせいで人懐っこく、人を見れば寄っていって甘えるが、最近は男性に対しては身構えるようになったのが不憫《ふびん》だ。

「なんだかすごく、自分自身が持っていないことに対しての劣等感が大きくて、自分も、自分も、自分もってそんなことずっと思ってた気がする。僕よりも何も持ってない芹さんが、僕が逆立ちしても手に入れられないモノを持っている――それへの妬《ねた》ましさで、頭の中が真っ赤になるくらいに、いっぱいになって」

零れる言葉を綴《つづ》るだけで、耳を傾けているのが清隆だと理解していないのか。それとも祖母の死を穢《けが》した懺悔《ざんげ》なのか、清隆にもわからない。

その時の感情を振り払おうとするかのように、三枝大典は大きく頭《かぶり》を振って、そのまま縁側に倒れこんだ。

「大典」

「ごめん、おじいちゃん。ちょっとだらしないけど……ちょっとだけ。寺に帰ったら、こんな風にはしてられないからさ」

縁側に上半身を倒し、自身の顔を覆うように腕を上げて、大典は嘆息した。

「あー……でも、しばらくは就活しなくてすむなあ。気が緩んだ感じ」

「幸恵やわしらは、そんなにプレッシャーかけていたか？」

だとすれば、孫を追いつめた一因は自分にもある、と清隆は苦々しく呟《つぶや》いた。

「ん、いや。多分、自分でもバカだなあというプライドと甘えの板挟み。就活失敗したら、おじさんの……幸仁《ゆきひと》おじさんの会社に来ればいいって言ってくれたでしょ。それで安心した気持ちがあって、でもそれって駄目なんじゃないかっていう……」

「若いなあ」

孫なのだから当然だが、わからなくもない若い複雑さに清隆は小さく笑ってしまった。

自分にだってそういう時代がきっとあった。

だから大典はギリギリまで大学の恩師の許《もと》に通い、様々な相談をしていたと聞いている。

「そういえば、大典は芹さんと同じ大学だったな」

「うん。だから、授業の教科書とかノートの一部をお下がりにしてあげられたよ」

横になっていた姿勢から、三枝大典は少し弾みをつけて跳ね起きた。

「――……守矢《もりや》先生。挨拶《あいさつ》もできなかったけど、今頃どうしてるかな」

――佐葉《さば》。

リゾートやゴルフ場が点在する緑豊かな土地である。

『さばまるファンシーランド』という遊園地に賑《にぎ》わいを誘導する目論見《もくろみ》は失敗したものの、

それはコンセプトの失敗であって、全体的には自然公園として人々の癒《いや》しに貢献しているといってもいい。

その中を白虎《びゃっこ》が駆け巡る。

その姿はそうそうは人に見えることはない、陰陽師《おんみょうじ》の生み出した自然霊や妖物《ようぶつ》に形を与えた式神なのだから。

「伊周《これちか》がいうことにゃ、自分が今奥方のところに突貫したら、危険が増えるってことだしなぁ。何だよ、もう一匹同じ天将がいて、白虎はまだ落ちてねえから大将に降りかかる危険への保険のために敷地に入れねえって」

北御門家十二天将・白虎、珠《たま》。

与えられた能力は武功。

基本的には、わかりやすく力が強く、カタチある危険から主《あるじ》や契約者を遠ざけ障害を排除する役目を負う。玄武《げんぶ》の護《まも》里祈里《いのり》とは真逆といっていいだろう。

玄武から数えて、北から東、そして南という巡りで番号をつければ、白虎の銘は九番目。

廃遊園地に到着した時点では、まだ観覧車に据えられた十二天将の白虎は健在であり、主の危険に対するデコイとして十分に使えると貴人《きじん》の伊周は判断したのだ。

北御門家でも二番目に古い十二天将である伊周の陰陽道への造詣《ぞうけい》はハンパではない。

なので、白虎の珠は遊園地内のあれこれは伊周に任せ、己の得意分野へ挑むことにした。

つまり。

北御門家への呪詛《じゅそ》を編んだ術者そのものを、見つけて捕縛する。それが最上だが、呪詛への邪魔がまず最優先だろう。

あれだけがっつりと呪っていれば、近い距離にいるはずだ。

呪詛の穢《けが》れを落とすために、清浄な場所を選ぶに違いない。

珠が造られた三代前からの経験則によって、この緑豊かな場所から術者の居場所を絞っていく。わずかな硫黄臭が鼻をつく。そういえばこのあたりに温泉があったはずだ。

――がさり、と自分のものではない葉擦れが夜に響く。

白虎はその瞬間、動きを止める。

「!」

ひゅ。と風が動いた。

影は二つ。

「やだなあ。白虎かー」

ゆるい、やや茫洋《ぼうよう》とした声が響いた。苔色《こけいろ》のセーターに薄黄色のシャツを着て、若干猫背気味に背を丸めている。

髪の半分が白髪だが、年齢は四十代くらいだろうか。若いのか老成しているのか、年齢の印象がひどくあやふやだ。

「釣果としては大物だけど、本物とやりあう気は今はまだないんだよねえ」

闇の中に光る猛獣の眼が、獰猛《どうもう》な色を帯びた。

男は、珠を本物といった。ということは偽物の存在も知っている、大筋の事情を知っている者にちがいない。

「――……見たことあるなぁ、その面」

白虎は低く恫喝《どうかつ》のように唸《うな》った。中年男は、さらに表情に張り付けた笑みを深める。

「うん。私も――彼も、ね?」

いっそ朗らかなほどの言葉は、一瞬珠の気を男から逸《そ》らせた。共にあったもう一つの姿が強引なほどの素早さで彼我の視界の狭間《はざま》に立ったからだ。

ざっと周囲の緑を掻《か》き分け、打ち鳴らすような音とともに、男と白虎の間に立ったのは濃い灰色のスーツを着た、三十代ほどの男だった。

「!」

声無き驚愕《きょうがく》は、白虎の殺気を一瞬大きく揺るがせる。

「シン、時間かせいで。あの次男坊に留《とど》められてた呪詛を全部呪詛返しされたらたまんなかったけど、ありがたいことに形代の大儀式が乱れたんだ。少なくとも、13、呪詛を投げれば確実に北御門に届く」

「承知した」

苔色のセーターを緑の闇に半ば沈ませながら、柔らかな口調で男はスーツ姿へと依頼の言葉を投げる。

「させっかボケェ！」

灰色スーツの男は見えないはずの式神の前に恐れげもなく立ちはだかる。手に、何も持っているようには見えない。

白虎が吠《ほ》えた。

咆哮《ほうこう》は、緑の山々の狭間に吸い込まれ、木霊となることもなく闇へと吸い込まれていく。


――うららかな春の日だった。

ただ先日以降、一人、本邸に住人――いや、客分の男が一人増えている。

客分というと聞こえはいいが、大陰《たいいん》の律《りつ》が先頭に立って、本邸の一室に半ば軟禁している状態だ。

名を、北御門貴緒《たかお》――諱《いみな》を鷹雄光弦《たかおこうげん》という。

「芹。デートに行こう」

「だが断る」

そんなやりとりは、北御門家の離れで行われていた。

「格安チケットを手に入れたんだ」

「保険証は格安チケットとは言わない！」

「何故だ。7割も安くなるんだぞ！」

北御門家の離れ二階は、皇臥の部屋と芹の部屋がある。もう一室は、客間として使うか物置として使うかでせめぎ合い、順調にシーズンオフの衣類が運び込まれる混沌《こんとん》とした空間だ。

こつこつと指で芹の部屋をノックし続ける皇臥は、春先のせいか長袖《ながそで》Tシャツにデニムというラフな格好である。

「朝まだ熱っぽかっただろう」

「ちょっとだるいけど、平気！　市販薬と睡眠と気合で治る」

薄いとはいえ扉ごしで、声も張っていないのにはっきりと会話が聞き取れるのは、互いに扉の前にいるからだ。まるで、互いのやり取りを愉しむように。

「気合で物事が何とかなると思うなよ、芹。気合で物事が動けば、俺は貴緒を超える陰陽師だぞ」

「……一昨日《おととい》は、気合でカッコよかったよ？」

絶えず続いていた他愛無いやりとりが、ふつりと途切れた。

「芹、それは反則」

しばらくの沈黙ののちに、唸るように皇臥が呟いた。

「じゃあ、反則もう一個。皇臥、わたしのお父さん知ってるよね――野崎真一郎《のざきしんいちろう》」

薄い扉の向こうから、答えは返ってこなかった。

正直すぎて、扉の向こうで芹は小さく笑いそうになってしまう。

「今は聞かない。皇臥が今まで話してくれてないのは、それだけ事情があるからって、思うから。でもたまんなくなったら、鷹雄さんに聞く」

「それだけはやめてくれ！　あいつは何を言いだすかわからん！」

部屋の扉の向こうで吠えている旦那《だんな》の顔を見たくて、芹は薄く扉を開けた。

人差し指ほどの幅から、こっそりと皇臥を覗《うかが》う。

べつに医者が嫌だからと言って、立てこもりをしていたわけではない。

「デート、してくれる？　鷹雄さんに啖呵《たんか》切ったんだよね、わたし。帰ったら、皇臥とデートするって」

「いやなフラグっぽいな、それ」

細く開けた扉を挟んで、互いに小さく笑い合う。

「わたしもそう思った」

「貴緒にまで煽《あお》られた。『デートに行ってないのかヘタレ、とっとと消えろ』だと。俺は間違いなく歴代北御門で一番立場の弱い当主だぞ」

鷹雄光弦の諱を持つ作家——北御門貴緒は、京都までの帰路にて一日病院に叩《たた》き込んだが、呪詛そのものが止まったせいか、一晩で驚くほど平常運転に戻ったという。

どういう状況が、貴緒の平常なのかわからないが、北御門に連行された破門済み陰陽師《おんみょうじ》は、現在本邸で軟禁され、芹は顔も見ていない。

皇臥のデートの最中に逃げるつもりかもしれない。

彼の顔を見に行けているのは、当主の皇臥と年季のいった十二天将と北御門史緒佳《しおか》だ。

こっそりと、史緒佳ともう一人の息子の再会や会話に耳を立てたいという悪趣味が頭をもたげたが、辛うじて捻《ね》じ伏せた。ただ、昨夜はすごい怒声と悪態らしき声が遠くから聞こえた気がする。離れにまで聞こえるような罵声《ばせい》など、史緒佳が発するはずがない。だから、きっと気のせいだと芹は欺瞞《ぎまん》で納得しようとしている。

テンコが薙刀《なぎなた》を持って駆けだしていたのもきっと見間違いだろう。

それとは別に、皇臥と貴緒が兄弟としてどんな会話を交わしているのか――。

「鷹雄さん元気？」

「ああ、死ねと思う」

打てば響くような悪態が出た。いったいどんな兄弟関係だったのか。根掘り葉掘り聞く準備をしなければと思うのだ。

本当にそう思っていたら、皇臥は彼をあの遊園地から運び出したりはしない。

「昨夜、祈里が寝ている貴緒を踏みに行ったそうだ。あいつは人間、陰陽師、式神、死人、問わず敵を作る」

北御門家では意外と玄武の双子は芹にくっつかず自由に過ごしているが、ちょっとフリーダム過ぎないだろうか。

「八重桜がきれいだそうだ。見に行こう」

「病院じゃなく？」

「……祈里と護里にも内緒というのは、どうだ？」

悪だくみを持ち掛けるように、皇臥が声を潜めて、内緒話のように囁《ささや》いた。思わず小さく笑ってしまう。

「いいね。ソフトクリーム奢《おご》って？」

少し冷たいものが食べたいと思うのは、多分微熱のせいだろうけれど。

昨夜、北御門家に久しぶりに戻ってきた（戻されてきたというべきか）天才陰陽師は、己の弟である宗家当主と密《ひそ》かに言葉を交わした。

涼しいというよりも肌寒い夜。一歩だけ、春よりもひとつ前の季節へと後退したかのような夜だった。

心臓への呪詛《じゅそ》の負担は消えたにせよ、長年の不摂生と栄養の偏りと疲労はがっつりと北御門貴緒の体にダメージを与えていたのだ。

しばらくは安静にという診断が下されて、現在は北御門家の本邸の一室に放り込まれている。

まだ畳が不祝儀敷きのままにされている、4.5畳間と三畳間の続きの間だ。

「あの、さばまるから出る際に、野崎芹に一気に呪詛の霊群が群れたのを見たか」

低い声は、今は咳《せ》き込むこともないが、掠《かす》れてやや聞き取りにくい。

「――……ああ。芹は、自分では何が起きたかわからなかったと思うが……」

横になった貴緒の部屋の外、襖《ふすま》越しにくぐもった声が響いた。

ぐるるる、と低く獣の唸りが聞こえるのは、敷かれた布団の足元側で丸っこく赤茶色の巨獣が密《ひそ》かに貴緒を踏んでいるせいだ。逃げないようにとの保険である。

「芹に、呪詛が押し寄せた――なのに」

「形代のエセ十二天将が落ちず、野崎芹も命を失わなかった――ごく普通の、守護もない娘が」

その時。弟子のミニバンの中で、皇臥は心の底から安堵《あんど》した。

呪詛は、確かに芹へと集束していたのだ。北御門皇臥と、芹。破門され、鷹雄光弦の諱を持つ北御門貴緒、そして内弟子の八城真咲《やしろまさき》、誰が標的になってもおかしくない状況だったが、あと一つなら天后《てんこう》を模した形代が残っていたはずという計算が、皇臥にはあった。

しかし、それを使うまでもなく、芹と契約している護里が、彼女を守ったのだと、思っていたのだ。思いたかった、というのが正確かもしれない。

――しかし。

「守護の玄武が守る必要がなかったのだ。野崎芹に、呪詛が効かなかった」

低く掠れた声が淡々と紡がれる。

「……特殊体質か？」

「阿呆《あほう》」

北御門の次男坊は吐き捨てるように弟の希望を切って捨てた。

「物事をいい方向に考える癖を何とかしろ、佳希。――野崎芹は、すでに呪詛に罹《かか》っているんだ。北御門に対するものではない、呪詛に」

淡々とした兄の言葉が、皇臥の背に染みわたる。体熱が一気に2度は下がった気がした。

「その前兆が、あの体調不良だ――野崎芹は、お前が気づかないうちに……とっくの昔に別の呪詛の標的になっている」

蒼白《そうはく》の皇臥へと、北御門貴緒ははっきりと断定した。

「昨日の夜は少し冷えましたけど、今日はあったかい感じですね」

北御門家の離れ。敷地の一角に建てられた現代住宅のキッチンで、芹は鼻歌を奏でながら史緒佳の収穫してきた葉物野菜を水にさらして洗っていた。

手に触れる流水が心地いいのは、まだ微熱があるのかもしれない。

測るとそれだけで一気に体調の悪さを自覚して寝込みたくなる気がするので、体温計は見ないふりをした。

護里がキッチンのシンクの縁に手をかけて、野菜を洗っている様子を見つめている。

「邪魔してはだめですよ、護里」

その護里を掬《すく》い上げるようにして抱き上げたのは、銀色の髪を緩く巻いて垂らした黒のドレスを着た少女だった。

天后の銘を持つ式神・テンコ。北御門史緒佳の契約式神である。

「ありがと、テンコちゃん。でも今回は護里ちゃんに色々と頑張ってもらっちゃったから。少しくらいは我儘《わがまま》させてあげてもいいかなって思ってたんだよね」

テンコの腕の中で不満を表明して「うー」と唸《うな》っている護里は、芹の言葉にぱっと表情を輝かせ大人しくリビングに連れ去られていく。そのままソファに置かれると、大人しく座って待ちの姿勢だ。

「それで、この葉物野菜フルコースでおすか」

微妙にとげを生やした声がして、芹は笑いながら振り返る。まだ作業着姿の姑《しゅうとめ》、北御門史緒佳が、キッチンに積み上げられた調理予定の野菜を見て呆《あき》れた顔をして立っていた。

ちょうど作業を終えて、リビング奥の和室で着替えるところだったのだろう。

「そうです。護里ちゃんの大好きな小松菜は、少し旬の季節が外れちゃったので他のものもふんだんに使って」

「肉も！　肉も食べなはれ！　食欲あるんやったら！　芹さん、五行のこと少しは教えましたやろ、バランスように食べんと心身ともに健康になりまへんえ！　そやから……」

　くわっと珍しく声を高めた史緒佳が、やや不自然に言葉を途切れさせた。

　もごもごと、バツが悪そうに視線をあちこちに彷徨《さまよ》わせ、ぷいっと己の部屋である和室へと歩いていこうとリビングを横切った時。

「そやから、顔色が悪いままなんですわ。北御門家の嫁がげっそりしてるやなんて、まるで嫁いびりでもされてるみたいで体裁が悪おす」

「テンコ！」

「と、はっきりおっしゃればいいですのに。史緒佳さま」

　なかなか達者な史緒佳の物真似を披露して、黒のレースをふんだんに使ったドレスの式神は、軽やかに笑った。笑って、言葉以上に軽やかな足取りで、天后の式神はちょうど作業を終えたらしい洗濯機の電子音に反応して駆けていく。

「…………」

「…………」

　取り残されて、芹と史緒佳が何となくくすぐったい空気のままに黙り込む。

　自分の部屋に飛び込み損ねた史緒佳が、上を見て、下を見て、日よけ帽子のつばを弄《いじ》ってから、おそるおそると口にした。

「えらいことが、ありましたんやろ。また」

この場合のえらいは、偉いではなく、苦しいやキツイの意味合いだ。

「え」

史緒佳の声には、気遣うような色が滲《にじ》んでいた。芹が、思わず瞬《まばた》きをする。

「珠が、腕に罅《ひび》入れてましたさかいにな。『呪詛の儀式場も準備も、丸ごと壊してきてやりやしたぜ。あれで、しばらくは呪詛れねえでしょ、痛み分けでさあ』とかいうてましたけど。あの子が、そうなるのは珍しいことでおす」

「え！　ホントですか!?」

「まあ、動物は自分の不調を隠したがるもんですわ」

芹が自分の鈍感さを歯嚙《はが》みしかけたところに、史緒佳が言葉を被《かぶ》せる。

珠を、動物カテゴリに入れていいものかと、一瞬そのことに気を取られかけたものの、史緒佳のじっとりとした視線にしばし考え……もしかして、密かに自分への当てこすりなのではないかと思い至った。

「わたし霊長類ですから！　猫科じゃないですから！」

「はよ進化しなはれ」

「あ、待ってください、お義母《かあ》さん！」

つーん、とわざとらしいそっぽを向いて、今度こそ部屋へと向かおうとする史緒佳に気付き、芹は少し慌てて制止の声をかけた。史緒佳が少し不思議そうに足を止めて振り返る。

「お義母さん、わたしに着付け教えてくださいましたよね。それ、卒業しましたよね。あと、お茶出しのお作法……ギリギリ及第点で、まだ、お花とかは全然初心者ですけど」

からし菜やキャベツ、ニラに水菜が流水にさらされる音を背中に、芹は恐る恐ると切り出した。水仕事のためにつけていたエプロンを微妙に弄りながら、小さく頭を下げる。

「……なんですの？」

怪訝《けげん》そうに史緒佳が探る。眉間《みけん》に微妙に皺《しわ》が寄っていた。

「お義母さんに、陰陽道《おんみようどう》のことについて……少なくとも知っていたほうがいいことについて、色々と習いたいんです」

「はい？」

思いがけない言葉だったのだろう。

ぽかんと史緒佳の口が半開きになっている。

「よし、了承の言葉もらった！」

「アホですの!? 今のは疑問符でおす！」

ぐっとガッツポーズに拳《こぶし》を握った芹に、史緒佳が慌てて反論した。

「そんなん、佳希に習いなはれ！　ぼんくらでおすけど一応知識はありますえ！」

「皇臥には、八城くんという弟子がいますし。そうじゃなくて……えっと、今回の件でちょっと考えたんです。今までも、お義母さんの教養は、ずっと皇臥の役に立ってきていて。わたし、今まで皇臥の傍にいたから不便なかったんですけど……」

陰陽道に関する知識の欠如を思い知った。

そして、それ以上に、北御門家の当主の仮初であっても伴侶《はんりょ》として、皇臥を支えるための知識が欲しい。

そう告げようとして、二つ目の理由になぜかひどく、躊躇《ためら》われるほどの恥ずかしさで唇が強張《こわば》ってしまった。

「せりさま、かおあかいー」

大人しくソファに座っていたはずの護里が、気付けば芹の傍らで顔を覗《のぞ》きこんでいた。

「いやっ、その、きょうはあったかいからね！　そろそろひやっこい、おそうざい、おおめにしようかっ」

自分の狼狽《ろうばい》具合に誤魔化す声が完全に裏返ってぎこちない。それを自覚して、さらに頬が熱くなった。まだ唖然《あぜん》とした様子で芹を眺めていた史緒佳が、しばしの沈黙ののちに、深く溜息《ためいき》をつく。

「芹さん……陰陽師の嫁、いうのは……理不尽が多いもんですえ」

史緒佳の警句のような響きの言葉は、長く当主の伴侶を務めたゆえの説得力を伴っているように、芹には聞こえた。

「一応、お月謝は……お義母さんのお望みの時に、特製のグラタンかドリアということで」

悪い取引を持ち掛けるかのように、芹はそっと声を低めた。

和食にうるさい史緒佳が、意外と洋食派だということを芹はこっそりと学んでいる。下げた頭をそうっと少し上げると、自身の欲求と迷いに揺れる義母の表情に出くわし、思わず噴き出しそうになった。

――明確な拒否がなかったということは、遠回しな了承だ。

「せりさま、たべものでつりすぎ」

「つられるひとが、おおいからですよ？　ゆうこうなさくせん、です」

なぜか不満そうに頬を膨らませている護里の傍らで、祈里がそれを宥《なだ》めている。

――契約嫁を中心に、北御門家の平和はゆるやかに保たれている。

あとがき

大変、お待たせをいたしました！　申し訳ありません！

今回は不可避の土下座から入ります、秋田《あきた》みやびです。『ぼんくら陰陽師の鬼嫁』ようやく六巻をお届けいたします。

お待ちいただいていた方、本当にありがとうございます。忘れていたという方も、思い出して手に取ってくださってありがとうございます。

こうして再びお目にかかることができて、とても嬉《うれ》しいです。

次こそ、謝罪から入るあとがきにならないように、という誓いをたてつつ、また『ぼんくら陰陽師の鬼嫁』七巻でお目に掛かれることを祈って。

今現在、世の中すべてが未曽有《みぞう》の事態で混乱中ですが、その中に少しでも明るい気持ちを届けられれば、一物書きとしての何よりの喜びです。

秋田みやび